www.tredition.de

AF217258

Ich danke den Testlesern meiner Geschichten, die mich bestärkt haben, dieses Büchlein als erstes von vier Büchern zu veröffentlichen. Insbesondere möchte ich mich bei der wunderbaren Traudel Janke für das Titelbild und bei KoliBri von German CatBook bei der Auswahl des Titels bedanken.

Doris K. Neumann

26 Hexenjahre - ein Katzenleben

Von Zweibeinern und anderen seltsamen Tieren- Erzählungen aus 26 Jahren Katzen- leben

www.tredition.de

© 2016 Doris K. Neumann
Umschlag, Illustration: Traudel Hanke

Verlag: tredition GmbH, Hamburg

ISBN
Paperback: 978-3-7345-0759-5
Hardcover: 978-3-7345-0760-1
e-Book: 978-3-7345-1108-0

Printed in Germany

Prolog

Dies ist die wahre Geschichte einer großen Liebe. Meine Hexe hat mich über 26 Jahre begleitet. Ich traue mich, ihr Leben aus ihrer Sicht zu erzählen, weil wir beide die engste Beziehung meines Lebens führten.

Es tut nach zehn Jahren immer noch weh, auch wenn ich mittlerweile wieder drei neue Fellnasen habe.

Aber meine einzigartige Hexe wird immer und ewig in meinem Herzen und in meinen Gedanken bleiben.

26 Hexenjahre – ein Katzenleben

Vorgeschichte

Ich bin alt. Ich bin krank und das Leben ist nicht mehr schön. Mein Frauchen sitzt hier mit mir bei dem Tierdoktor, der mir schon so oft geholfen hat, und weint. Nicht traurig sein, Frauchen, ich habe so ein langes Leben hinter mir. Ich will nicht mehr, lass mich gehen...

Ich liege in meinem Körbchen auf dem Schoß von Frauchen und merke, dass meine Kräfte immer weniger werden. Frauchen streichelt mich und sieht so traurig aus. Ich muss sie trösten, wie so oft in unserem langen gemeinsamen Leben. Ich krabbel aus meinem Körbchen raus – es tut weh, das große Ding, das da in meinem Mund wächst schmerzt so sehr – und lege meine Pfote auf das Gesicht meines Frauchens, weine nicht, lasse mich gehen, denk an die vielen schönen Jahre, die wir zusammen verbracht haben.

Der nette Mann in dem weißen Kittel kommt und holt uns herein in den Raum mit dem kalten Tisch. Aber heute liegt da meine Decke drauf und es ist schön warm. Frauchen hat mich im Arm und es ist heute gar nicht schlimm. Frauchen, nicht weinen, der liebe Doktor hilft mir doch nur, wie so oft...ich habe solche Schmerzen, hilf mir bitte!

Der Doktor redet mit Frauchen, sie weint und dann streichelt er mich und ich spüre einen kleinen Piecks. Ich werde müde, ...endlich schlafen, ...endlich keine Schmerzen mehr - ich spüre, dass ich endlich über die Regenbogenbrücke gehen darf und meinen Meikel und Grummel wiedersehen werde. Leb wohl mein Frauchen, wir sind einen langen Weg gemeinsam gegangen, nun muss ich Dich alleine lassen. Ich hatte ein wunderschönes Leben mit Dir und es zieht nun an mir vorbei...

1. Kleine wilde Hexe – der Einzug

Drei Jahre ist es nun her, dass mein geliebter Ziemzer von Katzenfängern entführt wurde. Trotzdem wir noch von Nachbarn informiert wurden und das Auto verfolgt und tagelang gesucht hatten, ist mein kleiner Liebling nie mehr aufgetaucht. Die Polizei hat damals die Spur nicht verfolgt, weil mein Ziemzer ja eine „Sache" war und somit den Aufwand einer Fahndung nicht rechtfertigte. Ich darf heute immer noch nicht daran denken, was mit meinem Kleinen passiert ist und welche Qualen der wunderschöne und so zutrauliche Kater erleiden musste. Immer wenn ich Katzen – und insbesondere Karthäuser – sehe, sticht mir ein Dolch in mein Herz. Obwohl ich mit Katzen aufgewachsen bin, möchte ich nach diesem grauenvollen Erlebnis keine kleine Fellnase mehr haben!

Bis zu diesem Samstag…

Donnerstags im Büro unterhielt ich mich mit einer Kollegin, die auch eine begeisterte Katzenmutti ist. Sie erzählte mir, dass auf dem Bauernhof in ihrer Nachbarschaft eine Kätzin Junge geboren hat und die nun händeringend ein gutes Zuhause für die Kleinen suchen. Sie fragte mich, ob ich mir die Kleinen nicht einmal anschauen möchte. Sofort kamen mir die Bilder von meinem Ziemzer wieder hoch und ich verneinte augenblicklich. Nie mehr will ich eine solche Tragödie erleben!

Abends erzählte ich meinem Freund von dem Gespräch und er schlug mir vor, die Kleinen doch einmal anzuschauen. Unser Hund Buffy musste vor kurzem eingeschläfert werden und die Wohnung war irgendwie leer...

So fahre ich an dem besagten Samstag zu dem Bauernhof. Schauen kann ich ja mal, ich muss ja keine nehmen. Das Ehepaar empfängt mich sehr herzlich und erzählt mir, dass die Kätzin sich den Kuhstall als „Geburtszimmer" ausgesucht hatte und sie, nachdem sie die kleine Familie entdeckt hatten, eine schöne Kiste mit Decken ausstaffiert und die Mami mit ihren sechs Babys dort einquartiert haben.

Wir gehen gemeinsam in den Stall und da sind sie! Die kleine Familie schläft friedlich in der bequemen Kiste und mir geht schlagartig das Herz auf. Die Mami ist eine schöne Tigerin, drei Kleine sind auch Tiger, eins ist schwarz-weiß und ein kleines Glückskätzchen ist auch dabei. Aber halt, es sollen doch sechs Junge sein, oder? Ich spreche den Bauern darauf an und er grinst mir breit ins Gesicht und deutet nach draußen auf den Hof. Ich sehe zuerst nichts. Na ja, die Sachen, die man auf einem Bauernhof eben so sieht! Schubkarre, Traktor, Misthaufen. Bauernhof eben!

Aber halt! Was bewegt sich denn da an den riesigen Reifen des Traktors? Ich gehe etwas näher und dann sehe ich sie! Ein Winzling! Rabenschwarz mit einem weißen Lätzchen und vier weissen Pfötchen. Stolz und mit hocherhobenem Schwänzchen stelzt sie um die Reifen als wollte sie sagen: „Komm nur her Du Monster, ich habe keine Angst vor Dir!"

Ich habe mich verliebt!

Der Bauer erzählt mir, dass die Kleine von Anfang an die wildeste und mutigste von allen war. Selbst im Kuhstall ist sie schon um die Hufen der riesigen Kühe gewandert und aus dem Kasten ist sie schon nach ein paar Tagen ausgebrochen. Die Kleinen sind mittlerweile 12 Wochen alt und der vorwitzige Zwerg hat sogar schon eine Maus gefangen. Eine Minimaus zwar, aber immerhin, eine Maus! Nur Menschen gegenüber ist sie schwierig. Sie lässt sich hochnehmen, aber von einem Moment zum anderen schlägt sie mit ihren spitzen Krallen erbarmungslos zu. Sie ist auch überhaupt nicht zutraulich wie ihre Geschwisterchen, sondern kommt wenn sie will, wenn sie nicht möchte, wird sie giftig und schreit wie ein Berserker. Der Bauer meint, dass es schwierig werden wird, ein neues Zuhause für den kleinen Racker zu finden. Er meint, dass ich mir am besten eine von den anderen Kleinen aussuchen soll, die sind pflegeleicht und verschmust.

Aber ich habe mich schon entschieden! Die kleine Hexe soll es sein oder keine! Aber die muss ich zuerst einmal überlisten. Mit Geduld und Nichtachtung. So gehe ich auf den Hof , setze mich auf einen Heuballen und fange an mit der Kleinen zu sprechen. Leise und ruhig erzähle ich ihr wie schön sie es bei uns haben wird und dass sie Hexe heißt. Aufmerksam beobachtet sie mich. Langsam kommt sie näher und lässt mich dabei keine Sekunde aus den Augen. Dann sitzt sie irgendwann direkt vor mir und schaut mich mit wunderschönen Augen an. Das Blau in ihren Augen verliert sich schon und es lässt sich ein bersteinfarbener Schimmer erkennen. Ich spreche weiter mit ihr und sie schaut mich unentwegt an. Aber immer auf der Hut und bereit wegzuspringen wenn ich mich bewege. So bleibe ich regungslos sitzen und spreche mit ihr.

Nach weiteren dreißig Minuten legt sich ein winziges Pfötchen an mein Bein. Ich bewege mich immer noch nicht. Dann das andere Pfötchen. Aufmerksam beobachtet sie mich. Nun endlich – sie krabbelt ganz langsam auf meinen Schoß und schaut mich mit ganz großen Augen an. Ich strecke ihr meinen Finger entgegen und sie schnuppert daran. Nun schnuffelt sie und dann knabbert sie ganz leicht daran. Gewonnen! Ganz leicht krabbele ich ihr weiches Fell und sie legt sich gemütlich auf meinen Schoß. Ganz leises Babyschnurren kommt aus ihrer Kehle. Ich spüre, dass dies eine ganz besondere Beziehung werden wird.

Hexe! Meine neue Fellnase…

Ich vereinbare mit dem Bauern, dass ich die Kleine am nächsten Wochenende holen werde. Ich vermisse sie jetzt schon!

Zu Hause angekommen erzähle ich meinem Freund von der Kleinen und ich kann kaum das nächste Wochenende abwarten. Viel zu lange zieht sich die Woche dahin, aber dann ist es endlich so weit. Die Wohnung ist katzengerecht ausgestattet und ich fahre mit dem neuen Katzenkörbchen zu dem Bauernhof um meine Hexe nach Hause zu holen.

Ich setzt mich wieder auf den Heuballen und rufe sie. Sofort kommt sie unter ihrem Freund – dem Traktor – hervorgerannt und krabbelt auf meinen Schoß. Wie schön, sie scheint auf mich gewartet zu haben. Ich nehme sie kurz im Genick und sofort macht sie sich steif. Ab ins Körbchen und ins Auto. Ich kann kaum abwarten, der Kleinen endlich ihr neues Zuhause zu zeigen. Aber zuerst muss sie die Autofahrt überstehen. Sie schreit wie am Spieß! Keine Ahnung, wie aus so einem winzigen Wesen solche Töne rauskommen können.

Dann endlich – zu Hause.

Den Transportkorb stelle ich im Wohnzimmer auf den Boden und öffne das kleine Türchen. Dann entferne ich mich und warte. Von der Tür aus sehe ich ein kleines schwarzes Näschen und weiße Barthaare hervorlugen. Dann plötzlich und in tiefster Gangart flitzt sie unter die Couch. Gut meine Kleine, Du bekommst die Zeit, die Du brauchst.

Mein Freund kommt nach Hause und gemeinsam unterhalten wir uns in der Küche. Das Wohnzimmer gehört nun erst einmal meiner kleinen Hexe. Plötzlich schaut ein kleines schwarzes Näschen um die Küchentür herum. Mein mutiges Mädchen! Aber wir beachten sie nicht und lassen sie in Ruhe. Sie zieht sich zurück und wir schleichen ihr nach. Im Wohnzimmer erkundet sie in tiefster Gangart die Gegend. Dabei miaut sie in einem fort. Klar, sie vermisst ihr zu Hause und ihre Geschwister. Ich gehe langsam zu ihr und gebe ihr ein Leckerlie, das kennt sie nicht, aber es scheint ihr zu schmecken.

Langsam wird sie mutiger und ihre Haltung wird immer aufrechter und stolzer. Alles wird beschnuffelt und betastet. Und nun hat sie unsere Tapeten entdeckt. Ganz tolle Textiltapeten, die sich – wie Hexe findet – hervorragend zum Klettern eignen. So schnell kann ich nicht schauen, ist sie schon bis zur Decke hochgewetzt. Aber nein mein Fräulein, Manieren musst Du schon lernen! Ein Wort muss sie gleich lernen: „Nein". Mit scharfer Stimme sage ich „Nein" und schon hüpft sie runter. Clever die kleine.

Auch die Fadengardinen findet Hexe Klasse. Sie verwurschtelt sie mit großer Begeisterung. Aber auch hier: „Nein". Das gefällt ihr wohl nicht uns sie will wegrennen. Nur haben wir unter dem Teppich Parkett und als sie auf dem Teppich Schwung aufgenommen hat, kommt sie auf das Parkett und schlittert bis zur Wand wo sie unsanft gebremst wird. Wie ein begossener Pudel sitzt sie da. Wir schütten uns aus vor Lachen und beleidigt verzieht sich die kleine Lady unter die Couch.

Ich spüre, dass sowohl die kleine Hexe als auch ich die richtige Wahl getroffen haben, wir haben uns gesucht und gefunden.

Ab jetzt erzählt Hexe…

Ich sehe noch nicht richtig, alles ist verschwommen. Mama hat mich und meine fünf Geschwister in einen großen Raum mit vielen dicken bunten Tieren gebracht. Ich habe Angst vor den großen Tieren. Meine Geschwister sind um mich rum und ich fühle mich einigermaßen sicher. Mutti schleckt uns ab und wir haben lecker zu essen. Warm ist es auch. Die Dicken tun uns nichts, scheint alles in Ordnung zu sein. Nun wird es laut. Es kommen zwei zweibeinige Tiere herein, die uns entdeckt haben. Sie geben komische Laute von sich, und wollen uns unbedingt hochheben. Ich habe Angst. Ich sehe Mama aus unvorstellbarer Höhe. Sie ist so klein von hier und so weit weg. Die Zweibeiner scheinen aber auch lieb zu sein. Sie bringen Mama und uns in eine gemütliche Schachtel, in der wir es warm und weich haben und die dicken Füße der bunten Tiere nicht mehr um uns rum sind.

Es ist schön in unserem kleinen Zuhause. Mamas Nuckelies sind immer voll und ich bin immer satt. Wenn ich Pipi oder Kacka muss, macht Mama mich sauber. Meine Brüder und Schwestern sind prima Spielkameraden, aber leider viel zu brav. Die schmeissen sich immer auf den Rücken, wenn ich spielen will. Langweilig! Aber ich habe eine Lücke in der Schachtel entdeckt...mal schauen, was es da draußen so gibt! Uiiii, alles hell, komische Gerüche, aber total spannend. Große, komische Dingsdas, die mich anbrüllen und einfach rumfahren. Aber ich bin schneller! Ich habe ein Spielparadies gefunden. Und dann sind dann auch noch diese kleinen Flitzetiere, grau und mit langen Schwänzen...die Zweibeiner freuen sich unheimlich, wenn ich so ein Tierchen erlegt habe. Pfft, was ist denn schon dabei? Na ja, ich bekomme jedes Mal ein Leckerli, wenn ich so ein Flitzetier bekommen habe, dann tu ich denen doch den Gefallen.

Heute war eine neue Zweibeinerin da. Hat sich meine Geschwister angeschaut. Ich hab mich verkrümelt. Hab ein komisches Gefühl...da entdeckt sie mich. Die Großzweibeiner reden in dieser komischen Sprache mit ihr, ziehen sie immer wieder zu meinen Geschwistern. Aber die Zweibeinerin kommt immer wieder zu mir. Ich muss zugeben, Sie redet mit ihrer komischen Sprache sehr schön mit mir. Ich gehe zu ihr und sie fasst mich komischerweise nicht an. Die mag mich wohl nicht?! Der werde ich es zeigen! Ich krabbele auf ihren Schoß. Nix! Ich knabbere an ihren Fingern...endlich knuddelt Sie ganz leicht meinen Nacken. Ha, ich hab gewonnen!

Sie ist weg. Sie ist weg! Ich such diese komische Zweibeinerin. Ich rufe sie, aber sie kommt nicht. Die Dosenöffner sind da, aber die Zweibeinerin mit der schönen Stimme ist nicht dabei. Ich bin traurig.

Einige Futternäpfe später höre ich diese schöne Stimme wieder. Sie ruft komische Töne. Exe? Hxe? So langsam kapier ich, sie meint mich. Diese Zweibeiner meinen, wir müssen einen „Namen" haben. OK, sie nennt mich Hexe. Irgendwie gefällt mir das und ich gehe zu ihr. Sie freut sich so sehr und knuddelt mich. Aber was passiert nun?? Die – bis jetzt sehr liebe - Zweibeinerin packt mich im Genick und steckt mich in einen komisch riechenden Kasten mit merkwürdigen Streifen vor der Tür, durch die ich nicht durch kann. Dann geht´s in einen neuen Kasten, der brummt und sich bewegt. Ich hab Angst und ruf nach meiner Mama. Aber es wackelt und brummt. Plötzlich ist es still. Aber nicht lange und es wackelt wieder. Die Zweibeinerin trägt den Kasten in dem ich sitze weg aus dem Brumdings. Sie redet mit mir, aber ich kann sie nicht verstehen. Nun ist es plötzlich ruhig, die komischen Streifen sind offen und ich kann aus dem Kasten raus. Es schnuppert fremd. Meine Mama und meine Geschwister sind nicht da. Ich habe Angst!

Es riecht hier komisch. Gar nicht mehr nach den bunten Tieren, sondern irgendwie „sauber". Ich verkrümle mich erst mal unter ein großes Teil, was auf dem Boden steht und auf dem die Zweibeinerin mit der schönen Stimme sitzt. Sie redet mit mir ganz ruhig und ist dann still. Ich höre sie weggehen. Hm, irgendwie möchte ich ja schon wissen, was sie macht...ich will gerade nachschauen, da höre ich eine dunkle andere Stimme. Die beiden unterhalten sich, scheinen sich gut zu verstehen. Da schau ich doch mal nach! Ein neuer Zweibeiner ist da. Er beachtet mich überhaupt nicht, redet nur mit der eigentlich lieben Zweibeinerin. Gut, dann schau ich mich erst mal um. Ich mache mich ganz platt und schleiche durch die Gegend. Hm, interessant, die schönen Kratzewände rundum sind zum Klettern geeignet und dann hängen da auch so schöne Fäden vor den Lichtluken, da kann man bestimmt auch prima dran klettern. Aber wo sind meine Geschwister? Ich vermiss die schon, muss mal nach denen rufen. Üps, keine Geschwister, aber die nette Stimme meldet sich und hat ein Leckerli. Aha! Rufen = Leckerli! Nun werde ich mir erst mal die Wand vornehmen. Klasse, man kann bis zur Decke hochklettern. Da lerne ich doch gleich was Neues: „Hexe, nicht die Tapete!" Na ja, tu ich ihr mal den Gefallen, gibt ja genug Interessantes zu entdecken. Die komischen Fäden an den Lichtluken kann man prima verknödeln. Aber der Boden ist sauglatt. Wenn ich rum wetze kann ich nicht bremsen und knalle mehrmals an die Wand.

Der neue Zweibeiner scheint hier irgendwie herzugehören. Er ist auch ganz lieb. Legt sich abends lang und ich leg mich zu ihm. Scheint ihn zu freuen, er krault mich dann auch ganz lieb. Aber wenn Frauchen (sie hat mir gesagt, dass sie so heißt) kommt, dann möchte ich doch zu ihr. Irgendwie verbindet mich etwas Besonderes mit ihr.

2. Zuwachs in der Katzen-WG

Ich habe mich prima eingelebt. Meine beiden Dosenöffner funktionieren prima. Wenn ich maunze, scheinen die beiden – besonders Frauchen – mich zu verstehen. Sie reagieren auf meine Kommandos und bringen mir das Gewünschte. OK, wir müssen an manchem noch arbeiten, aber das wird noch.

Heute sind die beiden irgendwie aufgeregt und gehen weg. In Ordnung, schau ich mal, was ich so anstellen kann.

Sie sind wieder da. Haben den komischen Kasten, in dem ich hierher gebracht wurde dabei. Es riecht! Es riecht nach Artgenossen!! Sie machen den Kasten auf und es kommt ein Mini-Kater raus. Aber was für einer! Eine Zumutung! Klein, nass und hustend. Soll ich mir hier den Tod holen? Ich verkrümle mich erst mal, verprügeln kann ich den Hänfling immer noch.

Ich sehe aus meinem Versteck, wie sich dieser Eindringling anbiedert. Krabbelt bei MEINEM Frauchen auf den Schoß und schnurrt rum. Nee, nee, das ist meins! Ich hops hoch und drück den Krümel weg. OK. Die Fronten sind geklärt! Ich bin hier der King im Ring! Ich habe mich entschlossen, den armseligen Hanswurst erst mal anzuschauen und abzuwarten.

Ich versteh den Kerl nicht, Er kann meine Sprache nicht. Latscht mir dauernd nach und sagt „pffffrt" oder „grrmpf", im besten Falle „mömpf". Wo haben die den denn aufgegabelt? Aber er weicht mir nicht von der Seite.

In Ordnung, versuchen wir es mit Zeichensprache. Wenn er es nicht kapiert, bekommt er eine geknallt, das wirkt immer.

Oh Wunder, der Artgenosse, den meine Dosis Meikel nennen, hat doch Grundintelligenz. Er hat kapiert, dass der Futternapf immer zuerst mir gehört. Und das der Bauch von Frauchen meiner ist, er gehört auf die Beine! OK, er darf bleiben. Wenn er nur nicht so mickrig wäre...

Er scheint aber doch etwas schlau zu sein, er lernt recht schnell meine Sprache. Nun quatscht er mir den ganzen Tag die Ohren voll. Na ja, er hat keine so lieben Dosis wie ich gehabt, als er auf die Welt kam. Er hatte noch zwei Geschwister und seine Dosis haben die drei einige Fressnäpfe lang behalten und sie dann ihrer Mami weggenommen. Sie haben sie in einen Sack gesteckt und die drei dann etwas geworfen, was furchtbar nass war und auf dem große Eisentiere fuhren. Dem Regenbogenland sei Dank, hat ziemlich schnell ein Zweibeiner den Sack gefunden und rausgeholt. Meikel hat seine Geschwisterchen gerufen, als er wieder Luft bekam, aber sie haben nicht mehr geantwortet. Der Zweibeiner hat Meikel in ein Haus gebracht, das Meikel „Tierheim" nennt. Dort waren liebe Zweibeiner, die sich um ihn gekümmert haben. Ihm war fürchterlich kalt und er musste dauernd husten und niesen. Die Zweibeiner haben ihm leckere Maminahrung gegeben und ihn dann in etwas gelegt, was er „Käfig" nennt. Dort waren eine warme rote Sonne und eine weiche Decke. Da hat er sich dann reingekuschelt. Vier Futternäpfe später haben ihn da meine beiden neuen Dosis entdeckt und ihn mitgenommen. Er hat sich auch gleich in MEIN Frauchen verliebt, aber er findet auch Herrchen (so heißt der Zweibeiner mit der dunklen Stimme) sehr lieb. Ich habe ihm erklärt, dass Frauchen mir gehört und er Herrchen haben kann!

Ich glaube, ich kann mich ganz gut mit dem Hänfling arrangieren, solange er sich an meine Regeln hält. OK, er darf bleiben!

3. Mein erstes – und letztes - Mal

Mein Meikel ist ein Prachtkater geworden. Er ist mittlerweile dreimal so groß wie ich und hat ein prachtvolles Fell. Er ist rotweiß und hat einen wunderschönen, prachtvollen Schweif. Aber das schönste an ihm ist sein wunderschöner herzförmiger Kragen und seine schnuckeligen Puschel Ohren. Unsere Dosis nennen ihn „unser schöner Norweger".

Hups, was ist nur mit mir los? Seit Tagen fühle ich mich so merkwürdig. Es zieht und kribbelt in mir. Es tut weh. Ich muss dauernd schreien und wälze mich auf dem Boden herum. Merkt denn dieser Knabe nicht, dass nur er mir helfen kann? Na ja, er ist noch sehr jung, aber ich rieche doch, dass er mir helfen kann.

Verdammt, er ignoriert mich! Da muss ich wohl härtere Geschütze auffahren. Ich wälze mich vor ihm rum und brülle, wie die großen bunten Tiere aus meiner Kindheit. Nix, verdammt.

Da muss ich richtig ran! Ich reibe mein Hinterteil an seiner Nase...ha, das wirkt! Der Dicke bekommt glasige Augen. Guuuutes Zeichen. Er fängt an, komisch zu grollen. Nun bekomme ich es doch etwas mit der Angst zu tun. Was macht er denn jetzt? Das hat mir doch keiner erzählt! Er beißt mich ins Genick. Aua! Verdammt, das tut weh. Nun krabbelt er auf mich, er ist ja so schwer. Und jetzt – was passiert nun? Auaaaaaa, sei doch nicht so grob, er beißt mich und trampelt auf mir rum und was da hinten passiert, davon möchte ich nicht sprechen!!!! Aber das schlimmste kommt noch! Als er endlich fertig ist, kann ich nicht weg. Sein „Dings" hält mich fest. Wir hängen Hintern an Hintern und kommen nicht voneinander los. Was ist das verdammt? Es tut so weh!

Als ich endlich wegkann, verkrümle ich mich erst mal und lecke meine schmerzenden Stellen. Dann sehe ich Meikel, der liegt vollkommen platt in der Ecke und reagiert auf nix. Mein Freund, das tut mir in meinem Leben keiner mehr an!

Am nächsten Tag kommt er und will schmusen. Nee, nee, nicht nochmal Er bekommt gleich eine gewischt. Die komischen Gefühle sind vorbei und ich will verdammt noch mal meine Ruhe haben. Aber irgendwie ist jetzt alles anders...

4. Meine Kinder

Was ist nur mit mir los? Ich werde immer dicker und Frauchen ist so besonders lieb zu mir. Sie hat zu ihrem Gefährten gesagt. „Hexe ist schwanger". Was bedeutet das? Ich spüre, dass da in mir etwas passiert. Hups, da zappelt was. Was ist denn da los? Meikel schnuffelt dauernd an mir rum. Den kann ich ja im Moment gar nicht ertragen.

Ich muss mir ein ruhiges Plätzchen suchen. Warum nur? Ich versteh das Ganze nicht, aber etwas in mir sagt mir, dass bald etwas Besonderes bevorsteht und ich mich dafür vorbereiten muss!

Frauchen und Herrchen haben mir einen großen Kasten hingestellt, darin liegt eine gemütliche Decke und es ist düster. Meikel will auch rein, aber ich beiße ihn raus. Da hat er nichts zu suchen!

Ich werde immer dicker. Das Zappeln in mir verstärkt sich. Ich brauche die Nähe von Frauchen und sie gibt sie mir. Ich liege auf ihrem Bauch und mein Frauchen redet mit mir und krabbelt ganz leicht meinen dicken Bauch. Das tut gut. Ich hab dauernd Hunger und Frauchen gibt mir tolle Leckerlies. Wunderbare Sache, so verwöhnt zu werden. „Schwanger" zu sein ist wohl was ganz Besonderes

Aua, was geht denn jetzt ab? Ich hab so dolle Schmerzen. Aua! Da will was raus aus mir, aber es geht nicht! Ich renn rum, aber es tut nur weh! Frauchen, hilf mir! Sie hat den komischen Knochen in der Hand und spricht ganz aufgeregt mit dem. Sie sieht mich und sagt: „Das ist der Onkel Doktor, der hilft!" Sie kommt zu mir und nimmt mich auf den Arm. Sie streichelt mich und fasst dann behutsam an mein Hinterteil. Da ist was, was da nicht hingehört und mir wehtut. Sie zieht ganz behutsam und dann ist sie da: MEINE TOCHTER! Ich nehme die kleine Schönheit sofort ins Maul und trage sie in meinen Kasten. Nun geht es ziemlich schnell. Nummer zwei und drei sind schnell draußen.

Ich habe sooo schöne Kinder! Zwei Söhne und eine Tochter. Drei wunderschöne Zuckerschnuten. Und die haben einen Riesenhunger. Meikel hat schon versucht, reinzukommen, aber ich habe ihn weggebissen.

Nein, da darf niemand ran, nur mein Frauchen. Sie ist so lieb zu mir und ich lasse sie meine süßen Kleinen anschauen. Ich merke, dass Frauchen sich große Sorgen macht, ihre Stimme ist ganz komisch, wenn sie mit Herrchen spricht. Mittlerweile verstehe ich ihre Sprache sehr gut und sie sagt zu Herrchen, dass ich mit knapp 6 Monaten noch viel zu jung bin, um die Kleinen zu ernähren. Sie spricht mit dem komischen Knochen und kommt dann wenig später mit so einem komischen Dings in der Hand zurück. Sie nimmt mir meinen kleinen Sohn weg, der genau aussieht wie Meikel. Aha, jetzt kapiere ich, sie säugt ihn mit diesem komischen Dings. Das ist gut, denn ich habe schon gemerkt, dass die Kleinen bei mir nicht satt werden.

Nun holt sie die Kleinen alle drei Stunden und füttert sie. Dann bringt sie mir sie zurück und meine Butzies werden dann erst mal ausgiebig geputzt. Herrchen versucht es auch mal, aber den beiß ich weg!

Die Kleinen wachsen furchtbar schnell. Sie sind ziemlich wild und sehen immer mehr aus wie ihr Papa. Es waren auch schon zwei Zweibeiner da, die sich meine Kleinen angeschaut haben. Der Mann war sehr lieb und hat gesagt, dass er das Mädchen und den einen kleinen Buben nimmt. Was meint er damit? Die eine Zweibeinerin, die da war, war furchtbar hektisch und hat immer nur gequiekt und geschrien:

Süüüüüüüüssss, niiiiiiiiiiiiiiiiiiiiiiedlich. Ich war froh, als die endlich weg war.

So langsam werden mir die Kleinen zu viel. Sie wollen immer nur saufen und nerven mich so langsam. Ich gehe immer öfter aus meinem Kasten raus und lasse die Brut alleine. Frauchen redet wieder mit dem Knochen und am nächsten Tag kommen der nette Mann und die verrückte Frau und holen meine Kinder ab. Ich renne eine Zeitlang rum und suche sie, aber ich glaube, sie sind jetzt groß genug, um ohne mich zu leben.

5. Wieder frei

Frauchen und Herrchen sind nun schon seit Tagen aufgeregt. Sie reden vom „eigenen Haus" und vom „Umziehen". Was bedeutet das? Sie schleppen jede Menge große Kisten in die Wohnung und fangen an, alles da reinzutun. Es ist eine furchtbare Hektik überall und Meikel und ich fühlen uns nicht mehr richtig wohl. Wir verkrümeln uns, aber die Hektik kommt uns nach.

Nun müssen wir beide zusammen ins Bad. Da sind unser Klo und unsere Spielzeuge. Das war noch nie hier! Was ist denn hier los? Draußen ist ein furchtbares Stimmengewirr von vielen Zweibeinern. Was machen denn die hier? Dieser Krach macht mich nervös. Meikel hockt im Klo und zittert.

Nun ist endlich Ruhe. Frauchen kommt ins Bad und sagt, dass wir jetzt „nach Hause" fahren. Wie? Zu Hause ist doch hier?

Wir müssen wieder in diese schlimmen Kästen. Ich weine die ganze Zeit. Meikel hält wie immer die Klappe. Aber es dauert nicht lange und dann holt uns Frauchen aus dem Brumsdings raus, das sie „Auto" nennt. Sie bringt uns in einen Raum, die Möbels kenn ich, da hab ich doch gewohnt! Aber sonst ist alles anders! Erst mal gucken! Hui, was ist denn das? Da ist ja eine Leiter, wie bei den bunten Tieren, nur bequemer! Muss ich doch mal gleich hochklettern! Da sind ja noch mehr Zimmer. Schöööön, so viel Platz! Und überall kann ich rausschauen! Alles toll grün, erinnert mich an meine Kindheit. Da will ich raus! Da habe ich doch eine Erfolgsstrategie: Schreien! Und ich renne von Tür zu Tür und schreie! Irgendwann wird Frauchen weich!

Es dauert vier Fressnäpfe, dann wird es Frauchen zu viel und macht die Tür auf! Jaaaaaa! Es ist so schön! Überall dieses grüne Kitzelzeugs, das die Zweibeiner „Gras" nennen. Ich kau mir gleich ein paar Stängel ab. Ups, mir wird schlecht! Gleich mal rein, bei Frauchen jammern. Die sieht mich und ruft nur: „Nicht auf den neuen Teppich", aber das Zeug muss schließlich raus! Nachdem Frauchen geputzt hat, krault sie mir erst mal den Bauch und bedauert mich. Sie sagt: „Ach mein Hexelein, ist dir so schlecht?" Quatsch, mir ist nicht schlecht, aber es tut sooo gut, wenn sie mir den Bauch krault!

Mit meinem Kumpel Meikel verstehe ich mich mittlerweile sehr gut. Nachdem Frauchen mit uns beiden bei dem netten Mann mit dem weißen Kittel und dem kalten Tisch waren, wollte Meikel nicht mehr dieses fiese Spiel mit mir spielen, das so weh tat und nach dem ich meine Kinder bekam. Und ich habe seitdem auch nicht mehr dieses blöde Ziehen bekommen, bei dem ich mich auf der Erde rumrollen und so fürchterlich schreien musste. Wir haben beide einen kleinen Piecks bekommen und haben dann geschlafen. Als wir wach geworden sind, waren wir beide etwas dödelig und hatten so einen blöden großen Kragen um den Hals. Ich habe mir das Ding schnell abgebissen, damit konnte ich ja gar nicht an meinen Napf. Meikel war – wie immer - zu doof dazu und ist viele Fressnäpfe lang damit rumgerannt. Er ist überall dagegen gelatscht und hat jedes Mal ziemlich doof aus dem Fell geguckt. Fressen konnte er auch nicht gescheit damit. Prima, das ganze Katzenbuffett war für mich!

Jetzt hat er leider keinen Kragen mehr, aber egal, der Kerl ist so ein Riese geworden, der bekommt halt auch was ab. Ständig hat das Monster Hunger!

Wir unternehmen mittlerweile jeden Tag schönere Streifzüge. Es ist so schön hier! Und es sind viele Artgenossen hier, denen ich erst mal Respekt beibringen musste, aber jetzt geht es ganz gut! Es gibt nur einen Artgenossen, der wohnt nicht weit von uns, der ist ein Monster! Der ist locker doppelt so groß wie Meikel und gehört einer Freundin von Frauchen. Vor dem hatte ich große Angst, bis ich merkte, dass er eigentlich ein ganz Lieber ist.

Wir können in unserem Zuhause immer rein und raus, auch wenn Frauchen und Herrchen nicht da sind. Da gibt es einen extra Eingang für uns. Das ist prima, denn Frauchen und Herrchen sind sehr oft nicht daheim. Aber ist immer genug Fresschen da und mein Meikel und ich pennen dann sehr viel. Entweder drinnen, wenn schlechtes Wetter ist, oder draußen auf der schönen Holzplattform hinter dem Haus, das Herrchen uns gebaut hat. Na ja, wenn die beiden da sind, dürfen die sich auch mal da hinsetzen. Dann machen sie in dem gossen Eisenmonster Feuer an und werfen leckere Fleischstücke drauf. Da bekommen wir auch immer was ab. Oft sind die Zweibeiner von Nebenan da. Da wird´s meistens ziemlich laut. Das stört mich immer sehr. Da sind auch oft die komischen Leute von über die Straße da. Der Mann ist ja ganz nett, aber die Frau ist eine Hexe! Ich spüre, dass die meinem Frauchen nicht gut tut! Die schaut immer Herrchen so komisch an, und wenn Frauchen nicht da ist, krault die Herrchen! Ich kann die nicht leiden, wenn sie mich anfassen will, knurre ich sie an. Ich versuche, das Frauchen zu erzählen, aber sie versteht es nicht. Ich muss aufpassen!

Seit kurzer Zeit sind neue „Nachbarn" - so heißen die Leute, die nebenan wohnen - eingezogen. Die sind anders, als die Zweibeiner, die ich kenne! Die haben ganz dunkles Fell und reden in einer ganz anderen Zweibeinersprache. Die haben auch ein Fell Tier, aber mit einer Nacktnase und das Ding sagt „wuff" und „wau"!!!!! Frauchen und Herrchen reden auch in dieser komischen Zweibeinersprache mit denen. Ich versteh kein Wort! Aber dieser kleine wuffende und fiepende

Nacktnaserich ist schon interessant. Muss ich doch mal gucken! Der Kleine rast rum wie ein Verrückter und kläfft mich an. Na, da mach ich mich doch mal ganz groß. Dicker Buckel und große Bürste. Mein Meikel ist neben mir und ich muss schon sagen, wenn mein Norweger sich aufregt, ist er schon imposant! Die kleine Nacktnase ist ziemlich aufgeregt, aber schon etwas eingeschüchtert. Dann pfeift sein komisches dunkles Herrchen mit so einer merkwürdigen Tröte und Nacktnase rast sofort zu ihm. Was für ein devoter Depp! Nun ja, da sind schon sehr verführerische Düfte in der Luft...ich sage Meikel, dass wir da auch mal schauen sollten, da gibt´s wohl Mampfe!

Uiiii, und was für Mampfe! Die haben da Lappen auf dem Eisendings liegen, die können diese Zweibeiner niemals alleine aufessen. Aber wir helfen ja gerne. Juchhuu, Betteln ist angesagt. Das kann Nacktnase auch sehr gut! Und es fällt genügend für uns drei vom Tisch. Nun, Essen verbindet, wir sind ab heute Freunde. Der Kleine ist ja auch gerade mal so groß wie Meikel. Wir haben viel Spaß miteinander.

Wir können überallhin, aber mein Frauchen schimpft immer, wenn wir hinten aus dem Garten raus wollen. Sie sagt immer: „Nein, da ist die Straße!", und dann wird sie ganz böse. Was ist denn eine Straße? Das muss ich mir bei Gelegenheit mal anschauen! Ist aber ziemlich weit weg. Vier „Nachbarn" liegen dazwischen. Meikel, der Angsthase, mault immer, wenn ich in die Richtung will. Das ist ein echter Schisser, gut, gehen wir in die andere Richtung, ist ja auch schön.

6. Der kaputte Garten

Frauchen ist weggefahren. Sie hat mir erzählt, dass sie sich zusammen mit ihrer Lieblingscousine - keine Ahnung, was das ist.. - ein paar Tage verwöhnen lassen will. So ein Blödsinn, da muss sie doch nicht wegfahren, dafür hat sie doch mich! Aber sie hört nicht auf mich und steigt in ihr Brumsdings und lässt mich mit Herrchen alleine.

Der scheint ganz schön sauer zu sein. Gleich als Frauchen weg ist, geht er mit so einem komischen Ding in meinen Garten. Das Ding hat eine Platte an einem langen Stiel. Damit hackt er wie wild auf mein Kitzelgras ein und macht alles kaputt! Jetzt holt er ein ganz merkwürdiges Ding aus dem Brumsdingshaus: Es hat unten Rollen und oben einen Kasten ohne Deckel drauf. Das Ding schiebt er an langen Stöcken durch die Gegend. Da wirft er jetzt mein schönes Kitzelgras drauf und schiebt es weg.

Das finde ich gar nicht gut! Ich bin auch traurig, dass Frauchen weg ist, aber deshalb mache ich doch nicht alles kaputt!

Aber Herrchen wütet weiter. Mittlerweile ist auch der andere Zweibeiner von nebenan da und der scheint auch wütend zu sein. Auf alle Fälle hackt der genauso auf meinen Garten ein. Warum zerstört der denn nicht seinen eigenen Garten?

Jetzt haben sich die beiden wohl genug ausgetobt und sitzen auf meiner Terrasse und saugen an diesen komischen Flaschen, die so eklig bitter riechen. Aber das Zeug scheint ihnen zu schmecken und es macht sie irgendwie lustig. Herrchen redet viel mehr als sonst und sagt zu dem Nachbarzweibeiner so lustige Worte wie „Teich", „Bagger",

„Findling", „Wasserfall", lauter Worte, die mir so gar nichts sagen. Aber es müssen lustige Sachen sein, die beiden machen dauernd die lustigen Geräusche und saugen dabei noch ein paar von den bitteren Flaschen aus.

Jetzt muss ich mir doch mal meinen kaputten Garten anschauen. Oh je, kein Kitzelgras mehr da. Es sieht irgendwie aus wie ein riesiges Hexenklo! OK, dann weihe ich es mal ein. Ich suche mir ein schönes Plätzchen und mache ein schönes Häufchen…! Das vergrabe ich ordentlich. Beim Graben kommt da plötzlich so etwas Lustiges aus dem Boden. Es ist ganz lang und ich muss gleich mal dran schnuppern. Hihi, es zieht sich zusammen und macht sich gleich wieder lang. Ich nehme das Teil in den Mund und spucke es gleich wieder aus. Bäh! Das Ding ist schleimig und schmeckt gar nicht lecker. Ich beiße es durch und lasse es liegen. Aber was ist denn das? Das Ding bewegt sich und verschwindet in dem Boden. Ui, unheimlich, da gehe ich nicht mehr dran!

Ich gehe jetzt mal auf meinen Rundgang. Herrchen und der Nachbarzweibeiner waren fleißig, es stehen ganz viele Saugflaschen auf dem Tisch und Herrchen geht in das Frauchenbett.

Am nächsten Morgen wache ich auf, weil Herrchen unten schon viel Lärm macht. Der ist aber früh auf! Dann geht er aus dem Haus und ich schaue nach meinem Frühstück. Das hat er vergessen! Typisch!

Da höre ich es draußen in meinem Garten brummsen. Gleich mal nachschauen. Was da um die Ecke kommt macht mir ganz viel Angst! Es ist eine Art Brumsdings aber ziemlich klein. Es hat keine Räder, sondern viele kleine Platten als Füße, die aber alle zusammenhängen und darauf bewegt es sich. Herrchen sitzt in einer Glashütte oben drauf und zieht an kleinen Stöckchen. Aber das Schlimmste ist das große Maul von dem merkwürdigen Brumsdings. Es sitzt an einer langen Stange und bewegt sich auf und ab. Das Ding fährt mit Herrchen oben drauf in meinen kaputten Garten und da senkt es sein Großes Maul und isst die Erde auf. Aber die scheint ihm nicht zu schmecken, gleich darauf spuckt es die Erde wieder in den komischen Kasten mit Rollen aus. Das macht es noch ein paarmal und der Nachbarzweibeiner bringt den Rollenkasten weg. Kurz darauf kommt er mit dem leeren Kasten wieder und das Spiel beginnt von vorne. Warum beißt dieses doofe Ding dauernd in den Boden, wenn es ihm doch gar nicht schmeckt? Na egal, das blöde Spiel wird mir langsam langweilig und ich gehe auf Streife. Ich werde mal den dicken, lieben Minou besuchen und schauen, was sonst noch so los ist in meinem Revier.

Als ich zurückkomme ist das Brumsdings mit dem großen Maul weg, aber mein Garten ist nur noch ein großes Loch! Nur noch der Busch und ein kleines Stück Kitzelgras ist noch da. Da liegt mein Meikel drauf! Wenigstens den hat das gefräßige Ding nicht aufgegessen!

Herrchen und der Nachbarzweibeiner sitzen wieder auf der Terrasse und saugen an ihren Bitterflaschen. Sie schauen begeistert auf das Loch und machen wieder diese Lachgeräusche. Herrchen erzählt, dass morgen die „Teichfolie" geliefert wird und dass es eine große Überraschung für Frauchen sein wird! Das glaube ich auch! Die zerreißt ihn in der Luft, wenn sie sieht, dass ihr schöner Garten nur noch ein Loch ist...

Dann fährt ein großes Brumsdings vor und Herrchen lädt viele schwarze Ballen ab. Die breitet er bei dem Nachbarzweibeiner auf dem Kitzelgras aus und macht daraus eine große Platte. Ha, jetzt ist dem sein Garten auch nicht mehr schön. Das hat er nun davon, dass er meinen Garten kaputtgemacht hat!

Aber dann legen die beiden die Platte wieder zusammen und bringen sie in das Loch. Da falten sie das Ding auseinander und dann schreien sich die beiden nur noch an. Sie zerren an dem schwarzen Ding rum und irgendwann ist das ganze Loch mit dem schwarzen Zeug ausgelegt. Da muss ich doch mal gucken. Ich gehe auf den Rand und rutsche sofort runter. Neee, Krallen raus und festhalten. Herrchen schreit ganz furchtbar „nein Hexe, Krallen rein, Du machst die Folie kaputt!". Hä? Ich halte mich doch nur fest! Was mache ich denn kaputt? Was ist denn Folie? Hätte der mein Kitzelgras nicht kaputt gemacht, müsste ich mich hier an dem blöden glatten Zeug nicht festhalten!

Jetzt kommt Herrchen mit dem Rollenkasten und dieses Mal ist da was drin. Ganz schöner weicher Sand. Wie in meinem Klöchen! Das ist aber lieb, der scheint doch ein schlechtes Gewissen zu haben, das er meinen Garten kaputt gemacht hat. Auf den Rand von dem schwarzen Loch hat er viele Steine gelegt und den schönen Sand macht er jetzt auf das glatte schwarze Zeug, das er „Folie" nennt. Jetzt verstehe ich! Er bastelt mir ein wunderschönes neues Klo! Er ist ja doch lieb! Ich warte, bis einige von den Rollenkasten ihren Inhalt in das Loch gespuckt haben, dann krabbel ich rein und verrichte mein erstes Geschäft in dem neuen Klo!

Warum wird Herrchen denn jetzt so böse? Er schreit mich an, dass ich ein blödes Katzenvieh bin. OK, ich habe ihm die Überraschung verdorben. Dann verkrümle ich mich erst mal und warte, bis er fertig ist. Sicher will er das Loch erst mal voll machen, bevor ich es benutzen darf.

Ich leg mich dann mal ein wenig hin und schlafe, muss ja für heute Nacht fit sein, wenn ich mein Revier durchstreife.

Irgendwann werde ich wach, weil es draußen so komisch plätschert. Da muss ich doch mal schauen, was da los ist.

Oh nein! Da liegt eine lange Schlange in meinem neuen Klöchen und spuckt Wasser da rein! Ganz viel Wasser. Da kann ich doch nicht mehr rein, das geht doch nicht. Und Herrchen sitzt wieder mit so einer Saugflasche auf meinem Stuhl und schaut auch noch zu. So schlimm kann das doch nicht gewesen sein, dass ich ihm seine Überraschung kaputt gemacht habe! Deshalb muss er mir doch mein schönes neues Klo nicht von der Schlange vollpinkeln lassen …

Aber jetzt höre ich ein vertrautes Geräusch vor dem Haus. Das ist doch das Brumsdings von Frauchen! Na, jetzt kann Herrchen was erleben. Garten kaputt, mein Klöchen zerstört, Loch voll Schlangenpipi! Die wird toben…

Da kommt sie auch schon auf die Terrasse. Ich laufe auf sie zu und erzähle ihr alles. Sie beugt sich zu mir und nimmt mich auf den Arm. Sie sagt gerade noch „na meine Hexe, was gibt es denn…" dann stockt sie, geht auf die Terrasse schaut auf das große, mittlerweile volle Loch und sinkt in meinen Stuhl. Ha, jetzt geht das Donnerwetter gleich los!

Aber sie ist weiter ganz still. Dann fängt sie an so komische glucksende Geräusche zu machen. Och nein, nicht weinen Frauchen! Ich springe auf ihren Schoss und will sie trösten, aber da merke ich, dass sie diese Freugeräusche macht und gar nicht mehr aufhören kann mit den lustigen Freugeräuschen. Herrchen freut sich mit und plappert ganz viel in der Zweibeinersprache. Der quatscht so schnell, da verstehe ich nicht viel.

Doch Frauchen scheint das Ding, das Herrchen jetzt dauernd „Teich" nennt, zu gefallen. Dann hält Herrchen ihr einen großen Zettel hin und erzählt etwas von „Brücke" und „Stege". Das scheint ihr auch zu gefallen. Fische kenne ich auch nicht…na, ich lass mich mal überraschen!

Wir sitzen an diesem schönen Abend noch lange draußen und ich freue mich, dass Frauchen wieder da ist. Den ganzen Abend liege ich auf ihrem Schoß und genieß die Streicheleinheiten. Dann gehen die beiden in das Frauchenbett und ich inspiziere mein Revier.

Gut, dann haben wir jetzt einen „Teich", was auch immer daran schön sein soll…

Am nächsten Tag ist großer Aufruhr auf dem Brumsdingsweg vor unserem Haus. Da steht ein Brumsdings-Monster vor unserer Tür. Das Ding hat ganz viele Rollen, aber gerade fährt es Stäbe aus, da stellt es sich drauf. Es hat eine lange Nase, die es jetzt noch länger macht. Daran hat es ein Seil und da hängt so eine Art Kralle dran. Da machen jetzt die beiden Herrchen dieses Monsters ein Seil fest und das legen sie um einen ganz großen Stein dran. Der muss mächtig schwer sein, er ist fast so groß wie Herrchen! Aber für dieses Monster ist das wohl kein Problem. Er hebt den Stein an wie ich ein Flitzie und dann macht es seine Nase ganz lang. Er hebt den Stein über den Deckel von unserem Haus auf die andere Seite. Ich flitze los, das muss ich mir anschauen, wie das Ding in den „Teich" plumpst!

Aber die Nase spuckt jetzt ein ganz langes Seil aus und daran kommt der Klotz an den Rand des Teiches. Die beiden Monsterherrchen dirigieren den Stein noch etwas, dann liegt er an der Seite von dem Teich.

Herrchen freut sich und erzählt Frauchen, das dieser „Findling" der Wasserfall wird. Was auch immer das wieder sein mag, Frauchen freut sich und so ist es in Ordnung für mich!

An den nächsten Tagen macht Herrchen viel Lärm um und an diesem „Findling". Er hat noch einige andere große Steine um das Ding herum angehäuft, aber keiner ist auch nur annähernd so groß wie das Klotz. Er hält einen großen Krachmacher an das Ding und macht damit Löcher da rein. Warum macht er ihn denn kaputt? Diese Zweibeiner, ich werde sie nie verstehen! Außer Frauchen, wir verstehen uns blind! Aber die männlichen Zweibeiner sind mir immer ein Rätsel!

Aber nach einigen Tagen kommt tatsächlich Wasser aus ganz verschiedenen Stellen des großen Steines herausgeflossen und plätschert munter vor sich hin. Das ist schön, da muss ich mal hin und siehe da, da kann ich lecker Wasser trinken. Gut gemacht, Herrchen!

Als nächstes werden ganz viele Holzplatten von einem großen Brumsdings gebracht. Herrchen macht wieder viel Lärm mit verschiedenen Kreischgeräten. Ich weiß nicht, was er da macht und verziehe mich, das ist mir zu laut hier!

Aber er hat da wirklich was Schönes gemacht! Die Terrasse ist jetzt mit den Holzplatten belegt, das ist schöner an den Füssen als die rauen Platten vorher. Außerdem kann ich über den Teich gehen, ohne nass zu werden. Frauchen hat das „Brücke" genannt. Und da ist noch die kleine Platte, die von der Terrasse ein Stück über den Teich ragt. Da liegt Frauchen gerne.

Jetzt hat Herrchen ganz viele Kitzelgräser und Blümis in den Teich eingepflanzt. Das ist schön.

Zu guter Letzt hat er gestern ganz viele lustige Tiere in den Teich gelassen. Die bewegen sich in dem blöden nassen Wasser, als würde es ihnen Spaß machen. Die sind schön bunt und ich werde mal schauen, wie ich die bekommen kann. Schön, dass mir Herrchen so hübsche Spielzeuge mitgebracht hat.

Ich spüre, dass ich mit unserem neuen Garten-Teich noch viel erleben werde. Aber jetzt gehe ich erst mal auf Streife in meinem Revier.

7. Komische Hausgenossen

Seit die lustigen Spielzeuge im „Teich" sind, überlege ich, wie ich am besten an die ran komme. Ich rase um den Teich, aber die Dinger sind verdammt schnell. Einer ist langsam und schwimmt so komisch mit dem Bauch nach oben. Den hab ich gleich, aber der schmeckt fies, den lasse ich liegen.

Meikel hat auch schon versucht, diese nassen Flitzetiere zu fangen. Hihi, er war zu weit vorne auf dem Steg, da hab ich doch gleich mal mit ihm geschmust! Platsch, war er drin im „Teich". Er ist aber gleich wieder rausgehüpft und hat gar nicht mehr so majestätisch ausgesehen. Ha, patschnass war er. Das Lachen ist mir allerdings bald vergangen, Frauchen hat ihn sehr bedauert und sich nur noch um ihn gekümmert. Ich war komplett abgemeldet, der Dicke durfte sogar auf ihren BAUCH!

Erst als ich ihr so ein kleines graues Flitzedings mitgebracht habe, hat sie sich wieder um mich gekümmert. Na ja, nicht direkt um mich, eher ums Flitzedings, ich hab´s ja nicht totgemacht, sondern ich habe es Frauchen zum Spielen ins Wohnzimmer mitgebracht. Sie hat sich sehr gefreut und ist wie eine Wilde im Wohnzimmer rumgehüpft. Ich habe sie auch extra alleine mit Flitzedings spielen lassen und habe mich auf die schöne bequeme Couch gelegt und zugeschaut. Leicht ist mir das nicht gefallen, aber ich wollte kein Spielverderber sein.

Die Nacht bin ich wieder mein Revier abgegangen und da waren plötzlich merkwürdige Stimmen am Teich. „Quak" sagte eine Stimme. Auf der anderen Seite des Teiches antwortete ein „Quaaaaak". Aus der Mitte des Teiches kam ein „Quääääääks". Was ist denn das? Ich pirsche mich ran. So was hab ich ja noch nie gesehen! Hässlich, hässlich, hässlich! Runder Bauch, lange Füße und der Kopf! Immer wenn er diesen Ton sagt, wird der Kopf ganz dick. So 'n Dings muss ich

Frauchen bringen! Also auf den Bauch und gaaanz langsam ran. Und: Hüpf! Und Platsch! Das Ding ist weg und das Gras, auf dem es gesessen hat war gar kein Gras. Da war Teich drunter! Gut, dass Meikel oder die Nachbarkatzen das nicht gesehen haben, da hätte meine Respektstellung ganz schön gelitten. Aber egal, so ein fieses Dings wird doch mich nicht überlisten. Also auf die andere Seite, da sitzt noch so 'n Dingens auf einem Stein. Das ist sichere Beute! Anpirschen, Hüpf! Platsch! Dings ist weg, ich auf dem Stein, verdammt ist das glitschig. Ich versuche verzweifelt, auf dem Stein zu bleiben, aber ich rutsche und rudere, keine Chance, schon wieder im Teich! Neiiin! Ich klettere raus und da höre ich über mir Geräusche. Frauchen und Herrchen stehen am Fenster von ihrem „Schlafzimmer" (so nennen sie den Raum mit meinem Bett) und machen die Geräusche, die sie „Lachen" nennen. Das ist ja so demütigend! Ich bin beleidigt und ziehe ab. Am nächsten Morgen gehe ich nicht an meinen Futternapf, ich bleibe draußen! Pfft, die haben mich beleidigt! Ich will Frauchen was Schönes mitbringen und sie lacht mich aus! Aber nach einiger Zeit will ich Frauchen dann doch nicht mehr schmoren lassen und gehe hinein. Dann tu ich ihr eben den Gefallen und esse halt mal was. Na ja, Hunger hab ich ja auch ein wenig...

Die komischen grünen Schreihälse lass ich jetzt in Ruhe, soll sich Herrchen drum kümmern! Gestern Abend hat er zu Frauchen gesagt „ich schieß die Biester bald ab, jetzt sind es schon 22 Stück". Das Geplärre die ganze Nacht ist wirklich sensationell.

Komischerweise wird es in letzter Zeit von Tag zu Tag ruhiger. Aber auch die kleinen Unterwasserflitzer werden immer weniger. Ständig schwimmt so 'n Dings mit dem Bauch nach oben und immer fehlt ein Stück an dem Ding. Herrchen hat gestern zu Frauchen gesagt, dass er eine „Schnappschildkröte" vermutet. Was ist denn das wieder?

Jetzt weiß ich es und diese Erfahrung hat sehr wehgetan! Ich habe wieder die Quaker beobachtet und da kam plötzlich was Langes aus dem Wasser. Es hatte nur einen Hals, Augen und einen komischen Schnabel, wie ein Flugdings. Na, da pirsch ich mich doch mal ran. Ich bin ganz nah dran, aber das Ding scheint keine Angst vor mir zu haben. Es bewegt sich nicht mal. Ich will schnuppern und da beißt der Schnabel zu! Auuuuuuuuu!. Das Ding zieht an mir und ich hau ihm mit aller Kraft die Krallen in den Hals. In dem Moment kommt Herrchen mit einem langen dicken Stock und haut mit aller Kraft auf das Ding drauf. Nun lässt es endlich los und taucht in den Teich. Herrchen nimmt mich auf den Arm und Frauchen ist auch sofort da. Nun wird mir erst bewusst, dass ich fürchterlich geschrien habe. Peinlich!

Herrchen redet sofort mit dem Knochen und wir fahren in seinem Brumsdings los. In seiner Panik hat er wohl vergessen, mich in den Kasten zu sperren, so liege ich neben ihm auf der kleinen Couch in dem Brumsdings. Wir fahren zu dem Mann mit dem weißen Fell und der guckt sich mein Kinn an. Er beruhigt Herrchen, das es nicht so schlimm sei, er mir nur eine Spritze gegen die Schmerzen geben würde. „Spritze" kenn ich, das piekst! Will ich nicht! Also – Krallen raus und fürchterlich schreien! Wir kämpfen, aber der Weißbefellte kennt geheime Griffe, so verliere ich den Kampf. Aber dann werde ich etwas müde und es tut nicht mehr so weh. Danke Herrchen!

Herrchen legt sich nun auf die Lauer und will das Ding fangen. Es ist schwierig, aber nach einigen gemeinsamen Nächten ist es soweit: Wir haben das Ding im Eimer. Herrchen bringt das Teil zu Leuten, die so was halten. Wie kann man nur! Na ja, Hauptsache, wir sind das Ding los

8. Mein Meikel ist nicht mehr da

Seit vier Futternäpfen ist mein Meikel verschwunden. Er nervt zwar sehr, aber ich mache mir nun doch Sorgen! Frauchen und Herrchen sind auch schon ganz verrückt. Dauernd rennen sie rum und rufen seinen Namen Ich suche auch überall, nur den verbotenen Weg durch die vier Gärten traue ich mich nicht zu gehen.

Ich habe jetzt die Futternäpfe für mich, aber ich habe gar keinen Hunger. Ich suche alles ab und rufe, aber er kommt einfach nicht.

Frauchen sitzt auf der Couch und weint und ich versuche sie zu trösten. Aber ich habe kein gutes Gefühl. Ich spüre, dass mein Meikel nicht mehr wiederkommt.

Eben war ein Nachbar da und sagte zu Frauchen: „Entweder da vorne an der Straße liegt ein Löwe, oder es hat jemand Deinen Kater totgefahren". Frauchen ist sofort losgerannt und kam nach einiger Zeit laut weinend zurück. Auf ihren Armen hatte sie meinen Meikel. Ich bin zu ihr hin und habe ihn angestupst. Nichts! Ich habe ihn abgeschleckt, aber er bewegte sich nicht mehr. Außerdem hat er komisch gerochen. Da war auch etwas Rotes an seinem Ohr und seinem Mund.

Frauchen hat ihn in einen Kasten gelegt, zusammen mit seinem Lieblingstier und seiner Kuscheldecke. Sie hat mich auf den Arm genommen und mir gesagt, dass mein Meikel „tot" ist. Ich habe da gelernt, dass „tot" heißt: er kommt nie wieder! Ich bin so traurig, will zu ihm in seinen Karton. Frauchen nimmt mich weg und Herrchen macht einen Deckel auf den Karton.

Herrchen gräbt ein Loch unter den schönen Strauch, unter dem Meikel so gerne gelegen hat. Da legt er die Schachtel mit meinem Meikel rein. Dann macht er das Loch zu. Ich versuche, ihn wieder auszugraben. Aber Herrchen schiebt mich weg. Ich will nicht, dass mein Spielkamerad weg ist! Ich hab ihn doch lieb!

Ich gehe durch das Haus, es ist so leer. Ich rufe ihn, er antwortet nicht. Ich weiß, dass er nicht wieder kommt, aber ich glaub es noch nicht!

Nun gehe ich in den Garten und lege mich unter den Busch wo Meikel nun für immer schläft. Ach Meikel, warum bist du denn nur durch die verbotenen Gärten gegangen. Und dann noch ohne mich. Wenn ich bei dir gewesen wäre hätte ich auf dich aufgepasst und dann wärst du noch bei mir.

Ich schaue in den Garten und sehe ihn herumtollen. Dieser Riese von einem Kater ist immer herumgetollt wie damals meine Kleinen. Und wie hat er Blümis gemocht, er hat stets an ihnen herumgeschnuppert und musste dann diesen lustigen Hatschi-Laut machen, den wir machen müssen, wenn die Nase kribbelt. Dann hat er das Blümi immer ganz beleidigt angesehen. Dann ist er immer zu mir gekommen und hat sich bei mir über das Blümi beschwert.

Und wie habe ich ihn immer veräppeln können. Immer wieder ist er auf meine Streiche hereingefallen und war dann eingeschnappt. Aber abends war immer alles gut. Wir sind dann gemeinsam auf unsere Streife durch das Revier gegangen und ich habe ihn immer beschützt, obwohl er doch so viel größer als ich war. Wenn wir dann wieder zu Hause waren, haben wir uns zusammengekuschelt und ich habe ihn abgeschleckt. Das hat er so gerne gehabt. Er hat dann immer ganz laut gebrummt.

Aber einmal hat er auch mich beschützt. Da waren wir unterwegs und es kam ein großer Kläffer mit seinem Zweibeiner auf uns zu. Meikel ist sofort unter einen Busch gesprungen, aber ich habe mich dem großen Kläffer entgegengestellt und habe ihn angeschrien. Doch der hatte gar keine Angst vor mir! Sein Zweibeiner hat ihn von seiner Halsschnur losgemacht und das Vieh kam auf mich zu gerannt. Der war hässlich und da habe ich doch etwas Angst bekommen. Da kam mein Meikel wie ein Blitz aus seinem Versteck gerannt. Seinen Schweif hatte er zu einer Riesenbürste aufgestellt und er knurrte lauter als der Kläffer. Er rannte an mir vorbei und sprang aus vollem Lauf dem Kläffer in das Gesicht. Da hatte ich ganz große Angst um meinen Meikel, der Kläffer wollte ihn totmachen und schüttelte sich und schnappte nach ihm. Aber Meikel hatte sich so in seinem Gesicht verkrallt, dass er nicht runterfiel und er war ja auch ein richtiger Riese. Der Kläffer fing plötzlich an zu winseln und zu fiepen und der Zweibeiner schrie herum und wollte meinen Meikel mit der Schnur hauen. Aber da kam unser Frauchen um die Ecke und schrie den anderen Zweibeiner an. Meikel hatte den Köter losgelassen und kam stolz zu mir. Aber er humpelte etwas und aus seiner Hinterpfote lief dieses rote Wasser. Da hatte der Köter ihn wohl doch erwischt. Aber Meikel schien keine Schmerzen zu haben. Sein Schweif war immer noch eine dicke Bürste und sein Fell auf dem Rücken stand nach oben. Er sah wunderschön aus und ich war so stolz auf ihn. Frauchen schrie immer noch mit dem Zweibeiner und der Köter stand winselnd hinter seinem Herrchen. Ich ging mit Meikel nach Hause und leckte sein kaputtes Bein. Frauchen kam gleich dazu und untersuchte meinen Held. Aber es war nichts Schlimmes. Sie rief trotzdem unseren Piekser an und der kam und guckte sich Meikels Bein an. Aber es war wirklich nicht schlimm. Trotzdem gab er ihm einen Piecks, das macht der wohl gerne. Dann haben wir uns neben Frauchen zusammengekuschelt und geschlafen.

So viele gemeinsame Erlebnisse gehen mir durch den Kopf. Ich schaue durch unseren Garten und überall sehe ich Meikel. Da drüben der große Hügel, aus dem oben immer Wasser kommt, das dann in Herrchens „Teich" läuft. Als Herrchen den damals gebaut hat, sind wir immer darauf herumgeturnt. Von da oben hatte man eine tolle Aussicht! An einem Tag hantierte Herrchen den ganzen Tag an dem Hügel herum und steckte lange Schlangen in den Hügel. Diese Schlangen kannte ich, die haben das viele Wasser in den „Teich" gespuckt. Da musste ich vorsichtig sein. Aber mein Meikel hatte natürlich wieder einmal nichts davon mitbekommen. Er kletterte auf den Hügel und als er gerade oben angekommen war, spuckte der Hügel plötzlich Wasser. Meikel war vollkommen verdutzt und konnte sich auf den glatten Steinen nicht mehr halten. Zusammen mit dem Wasser kugelte er den Hügel hinunter und landete mit einem großen „Plumps" im Teich. Da verhedderte er sich noch in dem Gestrüpp, das mittlerweile im Teich wuchs und in dem die blöden Quaker wohnten. Einen Moment hatte ich Angst, dass er ertrinkt, so wie er ruderte. Aber dann schaffte er es doch, wieder auf das Kitzelgras zu kommen. Er sah ganz schlimm lustig aus. Der stolze große Kater war patschnass. Frauchen kam heraus und machte die lustigen Glucksgeräusche und meinte, Meikel würde aussehen, wie ein begossener Pudel. Pudel? Das ist doch ein Kläffer! So ein Ding haben die von nebenan! Nein, Meikel sah zwar schlimm aus, aber so beleidigen musste sie ihn nun doch nicht!

Ich werde immer trauriger und liege nun schon so lange auf dem Schlafplatz von Meikel. Wir hatten so eine schöne Zeit zusammen und er fehlt mir jetzt schon so sehr…

Frauchen nimmt mich auf den Arm und sagt mir, dass unser Meikel nun im Regenbogenland ist und uns bewacht. Das Regenbogenland muss schön sein, da will ich auch mal hin. Aber jetzt noch nicht. Frauchen braucht mich noch, ich spüre, dass ich noch lange für sie da sein muss und will!

Mein stolzer großer Kater, stolzer Norweger hat dich Frauchen immer genannt, warte noch ein wenig, wir werden uns im Regenbogenland wiedersehen und dann pass ich wieder auf dich auf, versprochen!

9. Schmerzen

Nun bin ich schon einige Zeit alleine. Ich streife durch mein Revier, aber es ist nichts mehr so wie früher! Ich will endlich mal dahin, wo mein Meikel über die Regenbogenbrücke gegangen ist. Ich weiß, ich darf das nicht, aber ich werde vorsichtig sein.

Es ist aufregend, durch die verbotenen Gärten zu laufen. Es wird immer lauter. Am Ende des vierten Gartens ist es sehr laut. Viele, viele Brumsdings fahren vorbei. Da vorne riecht es nach Meikel, da muss ich hin. Es ist ja so laut und ich habe irgendwie doch Angst. Aber was ist denn da drüben, auf der anderen Seite des Brumsdingsweges? Da ist so ein Flattertier aus der Luft, was wohl nicht mehr hoch kommt. Hmm, wie komme ich dahin? Da ist eine große Lücke zwischen zwei Brumsdings, da komm ich durch! Ich renne los und da trifft mich ein Riesenschlag – es wird dunkel...

Ich komme langsam zu mir. Wo bin ich? Wo ist mein Frauchen? Irgendwie bin ich nur halb...ich spüre mein Hinterteil nicht mehr. Es ist so heiß, ich habe Durst, ich will heim!

Ich versuche, hochzukommen, aber es geht nicht. Es ist nicht weit, ich schaffe es! Ich ziehe mich auf meinen Vorderpfoten nach vorne, verdammt es tut so weh! Aber ich muss nach Hause. Frauchen wartet. Ich ziehe mich weiter, aber es wird schon wieder schwarz!

Ich bin wieder halbwegs da, aber ich habe so einen Durst. Egal, ich muss heim! Ich ziehe mich weiter. Ich weiß nicht, ob es Dunkel oder hell ist, ich habe Schmerzen und will nur nach Hause, Frauchen hilft mir!

Es wird schon wieder schwarz. Es kribbelt irgendwie bei mir Hinten, aber ich weiß nicht recht, was das ist. Ich will heim. Das ist mein letzter Gedanke.

Und mein erster! ICH WILL HEIM! Es ist dunkel und ich spüre vertraute Gerüche. Ich sehe Meikels Grab und lege mich darauf. Einmal noch rufen, dann schlafen! Plötzlich ist Frauchen bei mir. MEIN Frauchen. Jetzt wird alles gut! Sie nimmt mich auf den Arm und weint und weint. Herrchen kommt und sagt: „Ogott, die Kleine ist ja voll mit Maden". Was sind „Maden"? Ist auch egal, ich bin Zuhause! Jetzt wird es wieder schwarz, aber ich habe keine Angst mehr.

Ich dämmere, mein Frauchen redet mit dem Knochen. Es ist schon Nacht, aber wir fahren los. Ich bekomme mit, dass Frauchen sagt, dass ich nicht leiden soll, und der Zweibeiner in dem Weißen Fell das verspricht. Ich bekomme meinen Piecks und dann kann ich endlich wieder ohne Schmerzen schlafen.

Mir geht es so schlecht. Ich bin in so einem „Käfig". Ich habe zwar so eine rote Sonne über mir, aber alles tut so weh. Frauchen kommt jeden Tag zur Fresschenzeit und redet mit mir und krabbelt mich ganz zart. Aber ich habe keine Kraft aufzustehen. Nach drei Wochen habe ich endlich die Kraft, auf Frauchens Schoß zu krabbeln. Der Weißkittel freut sich unheimlich und sagt, „dass ich es geschafft habe". Nun wird es jeden Tag besser.

Frauchen kommt jeden Tag und ich freue mich so, sie zu sehen. Aber sie scheint noch viel glücklicher zu sein.

Am Tag, an dem sie mich abholt, sagt sie zu mir, „Du wirst nie mehr in einem Käfig liegen müssen!", und setzt mich einfach so in ihr Brumsdings. Ich hab verstanden und krabbele auf diesen bequemen Platz ganz hinten unter dem Fenster. Da bleib ich und da werde ich auch in Zukunft sitzen.

Ich habe noch Schmerzen, aber ich bin wieder bei meinem Frauchen. Nie mehr gehe ich durch die verbotenen Gärten! Aber ich spüre, es kommen noch viele Abenteuer auf mich zu.

10. Neue Freunde

Seit kurzem kommt immer, wenn es dunkel wird ein komischer Vierbeiner zu uns auf die „Terrasse". Er hat ein ulkiges Fell und immer wenn ich an ihm schnuppern will, wird er zum Ball und piekst mich! Ich roll ihn dann etwas rum, aber das stört ihn gar nicht. Frauchen hat zu Herrchen gesagt, dass wir jetzt einen „Igel" haben. Lustiger Name!

Frauchen stellt nun jeden Abend einen Napf mit meinem (!) Futter und meiner (!) Milch, die Zweibeiner nicht trinken, raus. Kurz drauf kommt Igel und schlägt sich den Bauch voll. Für mich bleibt ja genug, darum toleriere ich das. Der arme Kerl scheint ja kein zu Hause zu haben...

Nun kommen die schon zu zweit! Igel hat gestern einen Kumpan mitgebracht. Der ist viel größer und hat einen Riesenkohldampf! Jetzt muss ich langsam aufpassen, dass ich nicht zu kurz komme. Na ja, noch reicht´s für mich!

Groß-Igel faucht! Er hat weniger Angst vor mir und faucht mich tatsächlich an! Dem zeig ich´s! Angriff! Hupps, der wird auch zur Kugel. Aua, der piekst auch! Ok, dann warte ich erst mal ab.

Nach ein paar Tagen freunden wir uns etwas an. Die beiden werden nicht mehr zur Kugel und wir beschnuppern uns. Igel und Groß-Igel haben lustige Nasen und die piksen auch gar nicht. Eigentlich sind die gar nicht so blöd. Die sprechen zwar nicht meine Sprache, aber wir verstehen uns trotzdem. Wir haben immer Hunger!

Irgendwie juckt es mich seit einigen Tagen. Beim Waschen habe ich irgendwelche Krabbeltiere auf der Zunge. Was ist denn das? Es juckt überall und ich sage es Frauchen. Zuerst versteht sie es nicht, aber bald stellt sie beim Streicheln fest, dass ich „Flöhe" und „Läuse" habe. Ich weiß nicht, was das ist, aber ich will, dass sie das weg macht.

Wir fahren zum Weißkittel. Nein, bitte nicht wieder wehtun! Ich will auch nicht wieder in den „Käfig"! Also – Krallen raus und Terror machen! Weißkittel kämpft mit mir und dann wirft er mir was über den Kopf. Es ist dunkel und ich lege mich erst mal hin. Dann – der unvermeidliche Piecks. Aua! Er erzählt Frauchen irgendwas von „Tabletten" die sie mir geben soll. Hä?

Ich weiß jetzt, was diese „Tabletten" sind! Kleine weiße Fresschen, die ganz fies schmecken! Die spuck ich direkt wieder aus! Nun versucht Frauchen, mich zu überlisten. Sie hat diese fiesen Dinger in meine Lieblingswurst gesteckt. Ha! Wurst aufgegessen, Bitterdings ausgespuckt. Nun kommt Stängelchen, nee, hab ich auch gemerkt. Spautz! Nun kommt das lustige Jagdspiel durch die Wohnung. Frauchen meint immer, sie gewinnt, aber ich lass sie kurz in der Hoffnung und dann bin ich wieder weg. Macht Spaß! Aber Herrchen hat mich nun eingefangen, ich hab nicht aufgepasst. Blöd! Nun hält Frauchen mich fest und Herrchen macht mir den Mund auf und steckt mir das Ding in den Mund. Ich kann nicht anders und muss es runterschlucken. Bäh! Ok. Dann entscheide ich mich eben für die Variante mit der Wurst!

Groß-Igel, den Frauchen „Paul" nennt, kommt seit einigen Tagen alleine. Klein-Igel, „Paula" genannt, kommt nicht mehr. Oh nein, nicht wegbleiben wie mein Meikel!

Paula ist wieder da. Und nicht alleine! Sie hat Paulinchens dabei. Es sind so viele, wie Frauchen Finger an der Hand hat. Lustige kleine Dinger! Sie schnuffeln rum und machen sich nicht gleich zum Ball!

Es wird nun kälter, mir macht das nix, mein Fell wird richtig schön dicht. Aber Frauchen scheint sich Sorgen um die kleinen Paulinchens zu machen. Sie redet wieder mal mit dem Knochen und am nächsten Tag kommt eine Zweibeinerin und wartet, bis die Paulinchens kommen. Schwupps, hat die die Kleinen und Paula eingefangen. Die scheint sich damit auszukennen. Sie legt sie in einen „Käfig" und nimmt sie mit.

Paul kommt nun auch nicht mehr. Es wird kalt und diese komischen weißen Dinger fallen vom Himmel. Ich hoffe, denen geht es allen gut!

11. Kumpel!

Ich habe einen neuen Kumpel! Seit ein paar Tagen kommt ein ganz lieber Artgenosse zu uns. Plötzlich war er da! Er sieht aus wie ich! Genauso schwarz, aber größer. Er ist nur erschreckend dünn. Scheint keine lieben Zweibeiner zu haben. Ich erkläre ihm, dass hier ein ganz liebes Frauchen wohnt. Und das er keine Angst zu haben braucht!

Er ist ein ganz Lieber! Schmust gerne, aber sieht ganz schlimm aus! Er hat am ganzen Körper schreckliche Wunden. Hat er sich gehauen? Frauchen versucht, ihn einzufangen, aber er ist gegenüber Zweibeinern furchtbar ängstlich. Ich versuche, ihm beizubringen, dass Frauchen lieb ist, aber er ist skeptisch.

Frauchen hat viel Geduld. Grummel – so heißt er jetzt – wird immer zutraulicher zu den Zweibeinern. Er geht jetzt auch schon ins Wohnzimmer. Aber es scheint ihm nicht gut zu gehen! Er schmust unheimlich gerne und ich freue mich, endlich wieder einen Kumpel zu haben. Wir liegen zusammen und er schleckt mich ab.

Frauchen war mit Grummel beim Weißkittel. Sie kam sehr traurig zurück. Grummel ist sehr krank. Er hat „Krebs" und „Hautekszeme". Was das erste ist, werde ich leider irgendwann selbst noch erfahren...!

Frauchen sagt, dass er sein „Gnadenbrot" bei uns fressen soll. Was ist denn das? Egal, der ist einfach nur lieb und wir verstehen uns prima. Er sieht auch wieder besser aus aber er will gar nicht mehr mit mir draußen spielen. Er liegt lieber auf der Couch und schläft.

Sein Fell wird langsam besser. Er bekommt von Frauchen jeden Tag einen Piecks und muss diese dummen, fiesen „Tabletten" essen. Aber er scheint zu merken, dass ihm das gut tut und ist ganz brav. Ich glaube, der hatte noch nie Zweibeiner! Aber so langsam ist er richtig bei uns zuhause!

Ich freue mich, dass ich nun wieder einen Kumpel habe, mit dem ich mich richtig unterhalten kann. Er erzählt mir, dass er schon viele warme und kalte Zeiten hinter sich hat. Er musste sich sein Fresschen immer selbst fangen und hat ganz viele von diesen grauen Flitzetieren aufgegessen. Bäh, die sind doch nur zum Spielen, aber nicht zum Essen! Aber er sagt mir, dass er viel „Hunger" gehabt hat. Was ist denn das schon wieder? Muss aber schlimm sein! Er hat – auch wenn diese Weißen Dinger, die immer so schön auf der Nase kitzeln, vom Himmel gefallen sind – draußen gelebt.

Grummel hat auch viele Katzenmädchen gehabt. Aber irgendwann kamen Leute, die ihn eingefangen haben und zu einem Weißkittel gebracht haben. Als er nach dem Piecks wieder wach wurde, haben ihn die Mädels nicht mehr interessiert. Die Zweibeiner haben ihn dann wieder dort ausgesetzt, wo er gelebt hat.

Er hat dann beobachtet, dass Paula und Paul bei uns Fresschen bekommen haben. Als die nicht mehr kamen, hat er sich überlegt, ob er da auch was bekommen kann. Er sagt mir, dass ihm das Flitzetierfangen immer schwerer fällt und er sich freut, dass er nun hier wohnen darf.

Frauchen hat wieder mit dem Knochen gesprochen und hat Grummel mitgenommen. Sie kommt nach Hause und sagt zu Herrchen „Es dauert nicht mehr lange". Versteh ich nicht, scheint aber nichts Gutes zu sein...

Grummel schläft sehr viel und seit einigen Tagen wächst ihm eine Beule am Kopf. Da darf ich auch nicht hinlangen, da haut er mich! Aber sonst will er viel schmusen. Ich akzeptiere auch, dass mein Frauchen sich viel mit ihm beschäftigt, er ist ja auch sehr lieb zu mir. Er ist eigentlich mehr mein Opa als mein Kumpel. Ich hab ihn richtig lieb gewonnen!

Grummel erzählt mir, dass es ihm gar nicht gut geht, er vergisst ganz viel. Oft weiß er nicht, wo er ist. Er hat mich auch schon gefragt, wer ich bin. Was ist denn los?

Ich komme wieder mal nachts nach Hause. Grummel schläft, aber ich will ihm von meinen Abenteuern erzählen, das hört er immer gerne. Ich stupse ihn, aber er schläft weiter! He, ich will quatschen, aufwachen! Nix, er pennt! Ok, dann lege ich mich zu ihm und schlafe auch, bin ja schließlich müde. Dann steigt mir der Geruch in die Nase! Meikel! Nein, nicht auch Grummel! Ich fange an zu weinen und Frauchen kommt die Treppe runtergerannt. Sie nimmt Grummel auf den Arm und sagt zu Herrchen, der hinter ihr herkam, „er hat es überstanden". Mich nimmt sie ganz lieb in den Arm und sagt mir, dass Grummel nun zu Meikel über die Regenbogenbrücke gegangen ist und es ihm dort, wo er jetzt ist, gut geht. Das ist mir egal, ich bin wieder alleine

Grummel kommt auch in so einen Kasten und wird neben Meikel begraben. Ich will keine Kumpel mehr haben! Es tut immer so weh, wenn die gehen!

12. Die böse Frau

Ich wusste es! Die komische Frau, die sich „Nachbarin" nennt, ist böse!

Immer, wenn Frauchen aus dem Haus geht, kommt die zu uns. Aber die will gar nicht zu mir. Mich jagt die immer weg. Sie hat eine böse, schrille Stimme zu mir. Aber wenn Herrchen kommt, wird die blöde Stimme zuckersüß.

Sie kommt immer zum „Kaffeetrinken" und bringt Menschenleckerlies mit. Ich bekomme nie etwas ab! Dafür füttert sie Herrchen. Ganz schön blöd, der kann doch selber essen! Aber dem scheint das auch noch Spaß zu machen. Er schnurrt wie ein blöder verliebter Kater. Sie hat auch nie ihr Herrchen dabei. Irgendwie merkwürdig, die Sache.

Heute war sie wieder da. Aber die beiden haben keinen Kaffee getrunken, sondern sind nach oben gegangen. Dann habe ich gehört, dass sie in MEIN Schlafzimmer gegangen sind. Und: SIE HABEN DIE TÜR ZUGEMACHT! Das geht ja mal gar nicht!

Ich habe wie wild gekratzt, aber die haben nicht aufgemacht. Stattdessen kamen merkwürdige Geräusche aus dem Schlafzimmer, die kenne ich von Frauchen und Herrchen, habe die aber schon lange nicht mehr von den beiden gehört.

Nach einiger Zeit sind die beiden zusammen aus dem Schlafzimmer gekommen und mein Bett sah ganz furchtbar aus. Die blöde Frau hat an meinem Herrchen gehangen und ihn dauernd abgeschleckt. Widerlich, das darf doch nur Frauchen.

Dann hat sie mich gesehen und wollte mich streicheln. Ich habe sie ganz furchtbar gekratzt! Sie hat hysterisch geschrien und Herrchen hat mich GETRETEN!!!! Mein Herrchen! Der ist für mich gestorben! Er hat mich zwar nicht richtig erwischt, aber das war ein Schock für mich! Ich muss Frauchen warnen! Vielleicht will er sie auch treten...

Frauchen kann nicht verstehen, dass ich Herrchen nicht mehr mag. Sie versucht immer wieder, mich bei Ihm auf die Beine zu setzen, aber ich will da nicht mehr hin. Ich knurre und stelle den Kamm. Ich versuche, ihr zu erzählen, was geschehen ist, aber sie versteht es nicht. Sie kapiert auch nicht, warum ich nicht mehr ins Bett will.

Es ist warm draußen und die Nachbarn kommen zu uns zum „Grillen". Das ist, wenn sie große Fleischlappen auf das Eisenmonster legen und ich prima satt werde. Die sind auch alle sehr lieb, aber die Gemeine kommt auch immer mit ihrem Herrchen. Die meint wohl, ich bin blöd! Immer wenn sie kommt, säuselt sie „wo ist denn meine kleine Hexe!" IHRE kleine Hexe, der gebe´ ich! Ich stell den Kamm und mach eine Bürste. Dann lässt sie mich endlich in Ruhe!

Sie sitzt mit ihrem Herrchen am Tisch und tut so, als würde sie ihn mögen. Aber ich sitze unter dem Tisch und sehe alles! Sie hat den Fuß an dem Bein von meinem Herrchen und schubbert hoch und runter. Und mein Frauchen merkt nix und ist lieb zu der Ratte. Ich habe nämlich gelernt, dass Ratten hinterlistige Tiere sind und das ist diese Zweibeinerin auch!

Es ist wieder mal der Knalltag, den ich nicht leiden kann. Es ist kalt und die weißen Dinger fallen vom Himmel. Die Zweibeiner sind ganz aufgeregt und Frauchen steht den ganzen Tag in der Küche und bastelt leckere Sachen. Als es langsam dunkel wird und meine Zeit kommt, fängt es draußen an zu knallen. Ich erschrecke mich und Frauchen sagt mir, dass ich heute drinnen bleiben muss. Aha, diese blöde Nacht fängt an, in der es draußen furchtbar laut wird. OK, ich suche meinen Platz unter dem Bett auf und penne.

Ich bekomme noch mit, dass Frauchen und Herrchen das Haus verlassen und Frauchen ist richtig fröhlich. Ich habe schon geschlafen, da höre ich, wie Herrchen und die blöde Frau die Treppen hochkommen. Draußen knallt es fürchterlich. Herrchen sagt zu der Ratte, dass jetzt keiner was mitbekommt und es Zeit für ein „Silvesterquickie" ist. Ich verhalte mich ganz ruhig und nach kurzer Zeit und vielen komischen Geräuschen verlassen die beiden das Haus wieder.

Ganz viel Zeit später kommen Frauchen und Herrchen wieder nach Hause. Herrchen tut so, als wäre nichts gewesen und Frauchen versteht mich nicht.

Verdammt, sie muss mich doch mal verstehen...

13. Frauchen wacht auf

Wieder so ein Tag, an dem die Ratte im Haus ist. Mittlerweile macht sie sich gar nicht mehr die Mühe, mich zu beachten. Herrchen kümmert sich auch nicht mehr um mich und sieht nur die hässliche Frau. Denkt der denn gar nicht mehr an Frauchen? Anscheinend nicht.

Aber heute wird alles anders. Die beiden sind oben und unten öffnet sich die Haustür. Juchhuu, Frauchen kommt nach Hause! Ich renne nach unten und erzähle Frauchen alles. Aber sie scheint nichts zu verstehen. Sie steht da wie ein Stein und guckt nur nach oben. Plötzlich rennt sie los, und reißt die Tür zum Schlafzimmer auf. Sie steht da und sagt nur „das ist ein schlechter Film". Scheint ein guter Satz zu sein. Die beiden schmeißen ihr Fell über und rennen aus dem Haus.

Frauchen sitzt im Wohnzimmer und weint. Ich gehe zu ihr und versuche sie zu trösten. Sie nimmt mich ganz fest in den Arm. Das tut weh, aber ich wehre mich nicht. Ich spüre, dass es Frauchen ganz schlecht geht. Sie sagt zu mir, dass wir zwei nun alleine sind. Ich finde das ganz prima, aber Frauchen hat wohl an dem Rattenmann gehangen, also tröste ich sie!

Frauchen fängt an, die großen Stoffkasten, die sie „Koffer" nennt, zu packen. Sie stopft alles in die Dinger rein, was in den Schränken wohnt.

Sie bringt die „Koffer" in ihr Brumsdings und setzt mich hinten auf meinen Platz. Dann erklärt sie mir, dass wir jetzt zu Omi fahren. Prima, Omi hat immer ganz viel Leckerlies für mich. Aber Frauchen freut sich überhaupt nicht. Dauernd hält sie an, weil ihr das Wasser aus den Augen läuft. Ich kann sie auch gar nicht trösten

Weine nicht Frauchen, alles wird gut werden!

14. Bei Omi

Wir wohnen jetzt bei Omi. Ist ja eigentlich ganz prima, Omi kenne ich schon länger, die war immer da, wenn Herrchen und Frauchen in „Urlaub" waren. Ich habe gelernt, dass „Urlaub" bedeutet, wenn Herrchen und Frauchen ihre ganzen Felle in diese bunten Kästen auf kleinen Rollen packen, wegfahren und nach ganz vielen Fressnäpfen mit komischer brauner Haut zurückkommen.

Na egal, in dieser Zeit habe ich mir Omi erzogen. Sie hat große Angst vor mir und gibt mir deshalb immer ganz viele verbotene Leckerlies. Ich hab sie ja sehr lieb, aber ich tu immer ganz böse, wenn sie zu mir kommt. Wenn sie sich abends hinlegt, lege ich mich sofort auf ihre Beine und sie darf sich dann nicht mehr bewegen. Wenn doch, knurre ich nur kurz und dann liegt sie sofort wieder still.

Das Spiel im Bett ist auch ganz lustig. Ich lege mich in ihr Bett und wenn sie dann rein will, knurre ich. Dann geht sie auf die andere Seite und krabbelt ganz vorsichtig unter die Decke. Es dauert ganz lange, und wenn sie dann liegt, knabbere ich an ihren Fingern. Ich habe ihr beigebracht, dass das bedeutet, dass ich Hunger habe. Dann steht Omi sofort wieder auf, aber nicht den einfachen Weg, da liege ja ich! Neenee, sie krabbelt wieder auf die andere Seite und geht dann in die Küche und holt mir Leckerlies. Meistens dauert mir das zu lange und ich schlafe schon, wenn sie wiederkommt.

Mein Frauchen nennt mich neuerdings „Terrorist"! Was das wohl wieder bedeuten mag...?

Omi ist ja sehr lieb, aber die „Wohnung" - das ist die kleine Ausgabe von „Haus", habe ich auch gelernt! - ist sehr klein. Gar keine bequeme Leitern auf denen ich hoch- und runterwetzen kann. Und vor allem: Ich kann nicht raus! Sie hat zwar einen Kasten vor dem Wohnzimmer, der oben offen ist und auf dessen Rand Blümis wachsen, aber da darf ich nicht raus. Hä? Ich will da aber mal schauen gehen!

Ich warte, bis Omi an der Tür zu dem Kasten ist und vorsichtig aufmacht. Dann fange ich in der Küche ganz laut an zu maunzen. Schwupps, ist Omi da und ich rase durchs Wohnzimmer auf den Kasten. Hüpf, auf die komischen Kästen mit den Blümis. Was 'n das? Wir sind ja noch höher, als damals, als die Zweibeiner mich bei den großen bunten Tieren hochgenommen haben! Und da unten fahren unglaublich viele Brumsdingse vorbei. Noch viel mehr, als es zu Hause hinter den verbotenen Gärten war. Und jetzt kommt auch noch so 'n Brumsdings mit bunten Lichtern oben drauf und es schreit ganz fürchterlich. Da muss ich doch gleich mal die Ohren anlegen und fürchterlich knurren!

Da kommt Omi raus und sieht mich. Ich sehe sie und bekomme Angst, Omi sieht im Gesicht ganz komisch aus, ganz bleich. Sie ist sehr aufgeregt und redet mit mir, sie sagt, ich soll runterkommen, weil ich sonst „abstürze". Kenn ich nicht, aber ich glaube das ist nichts Schönes, so hüpfe ich eben runter zu ihr. Sie scheint sich sehr zu freuen, ich bekomme gleich wieder Lieblingsleckerlies!

Omi meint es sowieso sehr gut mit uns, dauernd werden Frauchen und ich gefüttert. Frauchen meckert dauernd rum, dass „ihr nichts mehr passt" und dass sie bald „platzt"! Pfft, da hab ich kein Problem, mein Fell wächst mit...

Hier kommt auch immer ein neues Herrchen her. Den mag ich! Mein Frauchen nennt ihn „Bruder". Der ist lieb! Quatscht nicht dauernd rum, isst auch sehr gerne die Leckerlies von Omi und hat einen saubequemen, weichen Bauch! Der mault genauso wenig wie ich rum, wenn er von Omi gefüttert wird! Ha, ein echter Kumpel!

So langsam wird es mir aber hier doch zu eng. Omi ist zwar sehr lieb, aber ich vermisse meine Abenteuer! Ich will endlich wieder raus. Frauchen scheint sich auch nicht richtig wohl zu fühlen, sie hat zwar Omi lieb, aber auf Dauer ist es zu eng für uns alle.

Heute ist Frauchen nach Hause gekommen, hat mich ganz lieb auf den Arm genommen und gesagt: „Hexele, es ist soweit, wir ziehen in unsere neue Wohnung!". Hui, „umziehen" kenne ich! Neue Abenteuer! Hoffentlich kann ich wieder raus und muss nicht nur auf den blöden Kasten vor der Wohnung!

So, auf geht´s! Wir haben den ganzen Tag eingepackt! Na ja es war ja nicht so viel, nur ein paar schöne Kartons, da hab ich mich immer reingesetzt. Der liebe große weiche Kumpel hat alles runtergetragen und ich bin von Frauchen in ihr Brumsdings getragen worden. Und jetzt geht´s endlich los. Ich sitze hinten auf meinem Platz unter dem Fenster. Auf zu neuen Abenteuern!

15. Dachhase

Wir sind in der neuen Wohnung. Es ist aufregend. Die ganzen Möbels sind neu. Es riecht ganz fremd. Ich muss erst mal alles erkunden. Da sind ganz viele Bäume ohne Blätter in der Wohnung, die gehen vom Boden bis ganz oben. Ich kann da ganz hoch klettern! Und oben gehen die Bäume auch noch quer, da setz ich mich drauf und habe alles im Blick!

Und es gibt wieder diese bequemen Leitern. Ich freu mich und wetze erst mal immer hoch und runter. Von meinem Schlafzimmer geht eine Tür raus. Aber da sind nicht diese grünen Kitzeldings, die mein Frauchen „Gras" nennt. Aber es ist auch nicht so ein Kasten wie bei Omi. Es ist groß und flach und es ist eine Mauer rundum. Frauchen nennt es „Dachterrasse". Die war aber in unserem Zuhause anders! Da war Wasser drum rum, hier sind es andere Häuser. Und vor unserer Wohnung sind wieder viele Brumsdings. Da muss ich mir mal was überlegen!

Frauchen ist viel unterwegs, sie nennt es „zur Arbeit gehen". Ich bin allein in meiner Wohnung und mir ist langweilig. Ich kann aber raus auf unsere Terrasse. Frauchen lässt die Tür auf, dass ich raus kann, sie sagt, die Terrasse sei „sicher". Vor was??? Na ja, da liege ich wenigstens in der Sonne.

Ich wohne jetzt schon einige Zeit hier und es ist nix los. Wie immer döse ich in der Sonne und langweile mich. Aber hups, da ist plötzlich ein Artgenosse auf meiner Terrasse. Wo kommt denn der her? Ich stelle mal vorsichtshalber den Kamm und mache eine Bürste. Endlich wieder was los! Ich knurre den Kerl an und stelle mich schön schräg auf und mache einen großen Buckel.

Da hüpft der Kerl doch tatsächlich über die Mauer. Ist der lebensmüde? Da unten wüten die Brumsdings! Ich muss doch gleich mal nachschauen. Aha, da geht es gar nicht so tief runter. Da ist eine Mauer und von dort geht es nach nebenan auf den Deckel von dem anderen Haus. Und von dort kann man auf den nächsten Deckel. Ha, das kann ich doch auch! Also, auf geht´s! Runter auf die Mauer und dann auf den Deckel! Hups, etwas rutschig die Angelegenheit, da muss ich aufpassen. Aber nach kurzer Zeit habe ich mich dran gewöhnt und ich gehe erst mal gepflegt spazieren. Ach ist das schön, endlich nicht mehr eingesperrt! Frei! Ist zwar nicht so schön, wie in unserem schönen Garten, aber schon auch aufregend. In vielen Deckeln sind Lichtluken, da kann ich reinschauen.

In einer Lichtluke wohnt ein kleiner Kläffer. Der regt sich immer furchtbar auf, wenn er mich sieht. Schön, den kann ich prima ärgern. Ich stelle mich vor die Luke und mache einen Buckel. Der Kleine kläfft sich fast die Seele aus dem Leib. Aber die Kläffer sind ja von Natur aus dumm, die können nicht mal klettern! So hüpft das Dings durch die Gegend und macht dabei einen Höllenlärm. Da taucht plötzlich eine Zweibeinerin auf und nimmt den Kläffer auf den Arm: „was hat denn meine Gerlinde?" Gerlinde? Heißt der Kläffer etwa so? Ich lach mich tot! Aber da vergeht mir auch schon das Lachen. Ich habe einen Moment nicht aufgepasst und da steht die Zweibeinerin vor der Luke und schmeißt mit Wasser nach mir. Ich werde pitschenass und erschrecke mich ganz furchtbar. Vor Schreck verliere ich das Gleichgewicht und rutsche den Deckel runter. Hiiilfe! Am Rand des Deckels ist so ein rundes Ding, was oben offen ist. Daran kann ich mich gerade noch festhalten. Ich ziehe mich hoch und will jetzt sofort nach Hause!

Als ich näher nach Hause komme, steht mein Frauchen ganz aufgeregt auf der Terrasse und ruft meinen Namen. Ist ja gut, bin ja schon unterwegs! Ich hüpfe auf ihren Arm und reibe mich an ihr, muss ja schließlich diese komischen Gerüche vertreiben. Frauchen meint dann immer, ich schmuse, dabei markiere ich sie doch nur, ist ja schließlich meins! Auf alle Fälle scheint sie ziemlich erleichtert zu sein. Warum eigentlich? Bin doch da! Sie nennt mich „ihren kleinen Dachhasen" Was 'n das? Scheint aber nichts Schlimmes zu sein, sie trägt mich rein und ich bekomme Leckerlies. Dann lege ich mich erst mal auf die Couch und schlafe, war ja schließlich ein neues Abenteuer.

Ich gehe nun jeden Tag über diese vielen Deckel, die Frauchen „Dächer" nennt. Ist eigentlich ganz prima. Den Kater, der auf unserer Terrasse war, habe ich auch schon ein paarmal gesehen, aber wir gehen uns aus dem Weg. Zum Prügeln ist der mir eine Nummer zu groß und einen Kumpel will ich nicht mehr, die gehen immer ins Regenbogenland und dann bin ich wieder traurig.

Mittlerweile weiß ich nun auch, welche Lichtluken ungefährlich sind. In einigen wohnen nette Zweibeiner, die bieten mir Leckerlies an. Ich gehe aber nie zu nahe, diese Dachluken-bewohner schmeißen mit Wasser, wenn man zu nahe ran geht, auch wenn sie nett erscheinen wollen. Aber ein Luken-bewohner legt mir immer was auf den kleinen langen Tisch, der an die Lichtluke gebaut ist. Da warte ich immer, bis er die Luke zumacht und dann hol ich mir das Leckerli.

Heute bin ich auch wieder unterwegs, aber plötzlich fällt ganz viel Wasser von oben und es kommt ganz helles Licht und ein furchtbares Brüllen von oben. Nach Hause ist es zu weit. Aber da vorne ist eine Luke offen. Ich hüpfe ohne groß nachzudenken hinein. Endlich trocken. Ist auch keiner drin. Ich schaue mich erst mal um, aber da ist es nicht so gemütlich wie bei uns zu Hause. Es ist staubig und ich muss niesen. Außerdem krabbeln überall diese Tiere mit den vielen Beinen rum, bei denen Frauchen immer hysterisch quiekt. Und überall stehen Kisten rum. Na ja, ich warte ja nur kurz, wenn es draußen wieder trocken wird, bin ich wieder weg.

Da geht im Boden ein Loch auf und ein Zweibeiner kommt hochgekrabbelt. Er macht meine Luke zu und ruft nach unten „hattest recht, das Fenster war noch offen, dann können wir ja jetzt fahren.". Wie – fahren???? Er krabbelt wieder durch das Loch und macht es zu. Und jetzt??? Wie komme ich denn jetzt nach Hause? Na, da gibt es doch bestimmt noch einen Ausgang. Ich suche alles ab, nichts, alles zu! Ich kann zwar rausschauen, aber sonst auch nichts. Ich will nach Hause, Frauchen macht sich bestimmt schon Sorgen. Außerdem bekomme ich langsam Hunger.

Es ist schon dunkel draußen und niemand kommt mich holen. Wo ist Frauchen? Sie muss mich doch vermissen. Sonst wird sie immer schon hektisch, wenn ich nur mal verstecken mit ihr spiele und mich nicht gleich auf ihr Rufen melde. Und jetzt habe ich Hunger und Durst und sie kommt nicht! Na gut, dann muss ich mir was zum Essen suchen. Ich schaue in die Kisten, aber da muss ich nur wieder niesen. Aber auf dem Boden ist eine große Pfütze, da kann ich trinken. Und es rennen auch diese grauen Flitzetiere rum, da fange ich mir mal eins, mal probieren, wie die schmecken. Grummel hat die ja schließlich auch gefressen. Ich hab eins! Ich beiße rein und - bäh! Schmeckt das eklig! Nee, ist nichts für mich! Ich warte auf Frauchen.

Es wird hell und dann wieder dunkel draußen. Es kommt niemand. So langsam bekomme ich Angst! Ich habe großen Hunger und die Pfütze ist auch nicht mehr da. Außerdem ist es hier furchtbar heiß. Ich esse nun doch so ein graues Flitzetier und probiere auch mal so ein Tier mit den vielen Beinen. Ich rufe ganz viel, aber niemand kommt.

Ich weiß nun schon nicht mehr, wie oft es hell und dunkel geworden ist. Ist mir auch langsam egal. Ich bin müde und habe ganz großen Durst. Mein Frauchen hat mich vergessen, das ist das Schlimmste! Ich habe sie so gerufen, aber sie ist nicht gekommen. Ich lege mich in so eine Kiste mit alten Zweibeiner-Fellen und will nur noch schlafen

Dann geht das Loch im Boden plötzlich auf und ich höre, wie der Zweibeiner hochkrabbelt, aber ich bin so müde und kann nicht aufstehen. Er geht herum, scheint etwas zu suchen. Plötzlich ruft er wieder nach unten, „hier scheint sie gewesen zu sein, der Fensterrahmen ist ganz zerkratzt. Ich rufe mal die Nummer auf dem Plakat an". Und geht wieder durch das Loch nach unten. Loch zu! Und ich bin wieder allein.

Ganz kurze Zeit später geht das Loch wieder auf und ich höre eine liebe, vertraute Stimme meinen Namen rufen: Frauchen! Ich nehme meine ganze Kraft zusammen und rufe sie. Sie schmeißt die Kisten, die im Weg stehen einfach zur Seite und da ist sie! Sie nimmt mich aus der Kiste und weint ganz furchtbar. Sie sagt, ich sei ganz schlimm dünn geworden, und dass ich zehn Tage lang weg war. Die beiden Zweibeiner weinen auch und freuen sich mit Frauchen. Alle streicheln mich. Ich will aber nur noch nach Hause.

Endlich wieder daheim! Ich bekomme erst mal frisches Wasser und meinen Napf mit meinem Lieblingsfresschen voll. Ach, tut das gut. Ich schlage mir den Bauch voll und lege mich dann zu meinem Frauchen. Die weiß gar nicht, wo sie mich zuerst knuddeln soll. Es ist so schön, wieder bei meinem Frauchen zu sein.

Eins weiß ich: Ich werde nie mehr in so eine „Dachluke" klettern!

16. Zurück in mein altes Zuhause

Wir wohnen nun schon lange hier und es macht mir Spaß, über die Dächer zu spazieren.

Aber seit einigen Tagen spricht Frauchen immer wieder stundenlang mit dem Knochen. Sie ist danach immer ganz komisch und manchmal weint sie. Manchmal redet sie ganz laut mit dem Ding und beschimpft es. Ein andermal ist sie ganz leise und traurig.

Sie nimmt mich auf den Arm und fragt mich: „Hexelein, was sollen wir nur tun?". Ja, wenn sie mir nicht sagt, was los ist, kann ich ihr auch nicht helfen.

Plötzlich steht Herrchen vor der Tür. Ich stelle den Kamm und mache eine Bürste, als er mich anfassen will. Was will der denn hier? Ich mag den nicht in meinem Zuhause haben!

Aber Frauchen lässt ihn rein. Dann reden die beiden die ganze Nacht. Mal sehr laut, dann wieder ziemlich leise. Herrchen weint! Frauchen wird da ganz weich und nimmt ihn in den Arm und sagt. „Gut, versuchen wir es noch einmal". Was heißt denn das?

Das erfahre ich ein paar Tage später. Meine ganze Wohnung steht voll mit den großen Kartons und Frauchen packt wieder mal alles ein. Dann kommen viele Männer und packen meine Möbels ein. Also kommt jetzt wieder das, was Frauchen „umziehen" nennt. Na da bin ich ja mal gespannt, wo sie mich mit ihrem Brumsdings wieder hinbringt.

OK, los geht's. Ich setzte mich hinten im Brumsdings auf meinen Platz unter dem großen Fenster und bin gespannt, wo es hingeht. Neue Abenteuer winken, es war ja auch schon langsam ziemlich langweilig.

Wir fahren gar nicht lange mit dem Brumsdings, da sagt Frauchen „Hexelein, wir sind wieder zu Hause". Hmm, kommt mir auch ziemlich bekannt vor, die Gegend. Frauchen hält an und da ist es: MEIN Haus, MEIN Teich, MEINE Nachbarn. Ich freue mich, wieder daheim zu sein. Ich inspiziere erst mal mein Haus.

Aber wie sieht es denn hier aus? Alles ist durcheinander und schmutzig. Und es riecht! Nicht so schön sauber wie früher, sondern irgendwie komisch. Das Haus, in dem Frauchens Brumsdings früher gewohnt hat, ist voll mit Zeugs, aber hier riecht es lecker nach den grauen Flitzetieren.

Der Teich ist auch noch da, aber da ist gar kein Wasser mehr da, sondern nur so grünes Zeugs drauf. Ich versuche, drüber zu laufen, aber das Zeugs gibt nach und ich werde nass.

Frauchen kommt hinter mir her und erzählt mir, dass wir hier viel zu tun haben, bis es wieder schön wird. Aber sie lacht dabei und scheint glücklich zu sein. Also bin ich es auch. Aber so ganz glaube ich noch nicht daran.

Dann kommt Herrchen mit dem großen Auto, wo meine Möbels drin sind. Er nimmt Frauchen in den Arm. Warum macht der das? Der soll zu seiner blöden Zweibeinerin gehen! Ich versteh das nicht. Nun will er mich auf den Arm nehmen. Ne, das will ich nicht. Ich habe nicht vergessen, dass er nach mir getreten hat. Ich fauche ihn an und haue ihm quer durchs Gesicht. Er lässt mich los und sagt zu Frauchen, dass er dieses blöde Vieh nicht versteht. Aber ich habe das verstanden und werde ihn das noch spüren lassen.

Ich glaube nicht, dass er es ehrlich mit Frauchen meint. Jeden Abend geht er weg und kommt dann nach Hause und riecht komisch. Er schläft immer auf der Couch. Mir ist das recht, dann habe ich mein Bett mit Frauchen alleine. Aber seltsam ist das schon.

Frauchen hat das Haus, meinen Garten und den Teich mittlerweile wieder schön gemacht. Aber sie scheint nicht glücklich zu sein. Gestern Abend hat sie mit dem Knochen gesprochen und zu ihm gesagt, dass sie glaubt, dass sie nur zurückkommen sollte, weil Herrchen Schulden hat und sie die bezahlt hat.

Herrchen ist jetzt immer einige Tage weg. Frauchen hat mir erzählt, dass er erst am Wochenende heim kommt, weil er einige Zeit auswärts arbeitet. Gut so! Von mir aus braucht der nicht mehr zu kommen.

Ich bin glücklich, wieder zu Hause zu sein. Ich renne stundenlang durch mein Revier und schaue nach, ob noch alles in Ordnung ist. Auch den Platz, an dem mein Meikel gestorben ist, habe ich besucht. Aber dieses Mal habe ich mich vor den Brumsdings, die mir so wehgetan haben, in Acht genommen. Oft liege ich auch an dem Platz, wo mein Meikel und der liebe Grummel-Opi für immer schlafen.

Frauchen spricht oft mit dem Knochen und meint dann, dass es ein Fehler war, zurückzukommen. Na ja, sehe ich nicht ganz so. Mir geht's prima. Aber einiges ist doch anders. Der liebe dicke Kater Minou von der netten Zweibeinerin ist auch nicht mehr da. Ich war auch mal im Garten von der Rattenfrau. Die war nicht da und da habe ich einen großen Haufen in ihre Blümis gemacht!

Herrchen kommt nur an den Tagen nach Hause, die mein Frauchen Wochenende nennt. Sie reden dann miteinander und dann geht Herrchen wieder weg. Wenn er heim kommt, riecht er wieder komisch und legt sich auf die Couch.

Es ist nun kalt draußen und die Zeit, in der die schönen bunten Blätter fallen, ist vorbei. Frauchen ist meistens alleine, Herrchen kommt fast gar nicht mehr. Frauchen erzählt mir, dass sie das Haus verkauft. Hä? Das verstehe ich nicht. Es sind nur jetzt dauernd fremde Zweibeiner im Haus, die sich alles anschauen. Oft haben sie auch kleine Zweibeiner dabei, die mich furchtbar nerven. Ich verziehe mich dann immer. Aber was soll das? So viel Besuch hatten wir noch nie!

Es fallen diese weißen Dinger vom Himmel und der Tag kommt, an dem es immer so kracht. Frauchen sagt mir, dass wir bald umziehen. Aha, wieder neue Abenteuer. Solange Frauchen da ist, gehe ich überall hin mit!

Omi ist nun schon viele Tage hier und hilft Frauchen. Herrchen hat so viel gesammelt, aber er lässt sich gar nicht mehr blicken. Frauchen sagt zu Omi, dass er sich wohl nur noch zum Geldzählen blicken lassen wird.

Die beiden räumen die Brumsdings-Wohnung aus und schleppen ganz viele Säcke da raus. Auch aus dem Keller kommt ganz viel Zeugs. Irgendwann kommen dann auch die Kartons und das restliche Zeugs wird eingepackt. Dann wieder viele Männer, die meine Möbels in ein großes Brumsdings laden.

Und nun geht es wieder mal los. Tschüss Zuhause, Tschüss Teich und Quakies. Tschüss Meikel und Grummel, wir sehen uns irgendwann im Regenbogenland, aber nicht so bald, ich habe noch viele Abenteuer vor mir.

17. Wieder alles neu

Wir sind in unserem neuen Zuhause angekommen. Ui, hier gefällt es mir! Es sind zwar keine bequemen Leitern hier, aber es ist viel Platz zum Toben. Der Boden ist überall ganz warm und kuschelig obwohl gar keine Lappen drauf liegen. In dem Zimmer, das Frauchen „Bad" nennt ist eine schöne Leiter an der Wand, die ist auch ganz warm! Da klettere ich gleich mal hoch. Aber das schönste ist der große Glaskasten, der ans Wohnzimmer gebaut ist. Da kann ich überall rausschauen, sogar oben. Und das, was Frauchen „Küche" nennt ist auch toll. Da ist ein großes Dings, auf das ich mich drauflegen kann und alles überblicke. Frauchen nennt das „Theke".

Aber das tollste sind die beiden großen Türen im Wohnzimmer, da kann ich durchgucken und draußen ist ganz viel Kitzelgras. Aber die sind leider zu. Nun sperrt mich Frauchen ins Bad, weil die Zweibeiner mit den Möbels kommen. Hm, das gefällt mir gar nicht, mal sehen, wann ich rauswitschen kann.

Na klar, einer der männlichen Zweibeiner muss immer auf Klo! Und Schwupps, bin ich draußen. Ha, die Türen sind offen, schnell raus. Ui prima, Kitzelgras, ganz viel! Da muss ich doch mal nachschauen, wie weit das geht.

Ha, da vorne ist eine große Eisentür, aber da kann ich drunter durch. Und da ist so ein Brumsdings-Weg, aber der ist ganz ruhig. Wenn ich aufpasse, kann ich da lang gehen. Geht ganz schön steil nach oben. Ei, und gegenüber wohnen zwei Kläffer. Na ja, um die kümmere ich mich später. Erst mal schauen, was es hier sonst noch so gibt.

Bin jetzt ganz oben an dem Brumsdingsweg angekommen und hier wird es richtig schön. Es riecht nach meiner Kindheit und da sind ja auch die großen bunten Tiere! Und jede Menge graue Flitzedings. Und da sind ja auch die großen warmen Flatscher, die die Muh-Tiere immer machen. Klasse! Wälzen ist angesagt. Schööön, noch ganz warm...

Aber jetzt mal weiter erkunden. Da vorne ist ja so ein großes Haus wie das, in dem ich mit meinen Geschwistern gewohnt habe. Toll, hier riecht´s wie damals! Und da geht auch eine Leiter nach oben. Mal schauen, was es da so gibt! Klasse, jede Menge von dem weichen, trockenen Gras. Da muss ich doch mal nachschauen, ob ich da so ein graues Flitzedings für Frauchen finde. Die freut sich doch immer so, wenn ich ihr etwas mitbringe.

Aber was höre ich denn da? Da brummt doch was. Nee, jetzt entwickelt es sich zu einem ziemlich hysterischen Schreien. Da steht doch tatsächlich eine Artgenossin vor mir und will MICH vertreiben. Kreischt mich an, dass das ihr Revier sei! Neneneeee, die kennt mich noch nicht, aber da werde ich mich doch gleich mal vorstellen. Wenn die meint, sie kann schreien, dann werde ich ihr jetzt mal was beibringen. Ich stelle meinen Kamm, mache eine dicke Bürste und begebe mich in Angriffsposition. Und jetzt: SCHREIEN!! Das kann ich nämlich gut! Frauchen meint immer, das ginge ihr durch Mark und Pfennig, was auch immer das heißen mag. Muss aber gut sein und verfehlt selten seine Wirkung.

Aber dieses Bauerntrampel kapiert offenbar nicht. Glotzt mich blöd an und – bleibt stehen! Also so eine infantile Impertinenz! Gut, wenn sie Prügel will, kann sie haben. Aber ich bin ja schlau! Gehe erst mal in die Knie und tue so, als wollte ich aufgeben. Aber alle meine Muskeln sind zum Zerreißen angespannt. Trampel meint sie hat gewonnen und kommt langsam auf mich zu. Ich lasse sie schön herankommen und dann: ANGRIFF! Ich springe auf Trampel und beiße ihr ins Genick sie schreit fürchterlich, aber ich auch. Sie versucht sich zu wehren, aber ich habe sie gleich auf dem Rücken. Sie flatscht mir zwar eine aufs Ohr, aber so richtig trifft sie nicht. Dann ist es ganz schnell vorbei. Trampel liegt auf dem Rücken und ergibt sich. Gut, dann wollen wir mal nicht so sein. Trampel kann gehen!. Ganz langsam verzieht sie sich nach unten und motzt noch etwas vor sich hin.

OK, widmen wir uns mal wieder dem Geschenk für Frauchen. Hier sind so viele Flitzedings, welches soll ich denn nun Frauchen mitbringen? Ha, da ist ein besonders schönes Exemplar. Ranpirschen, warten, ranpirschen, warten, dann – hüpf. Habse! Ich spiel erst mal ein wenig mit ihr, aber dann beherrsche ich mich, Frauchen will ja auch noch was spielen! Ich nehme Flitzi ins Maul und jetzt geht´s nach Hause. Wie ich Frauchen kenne, macht sie sich wieder mal Sorgen...

Und klar, auf halbem Weg nach unten kommt mir mein vollkommen aufgelöstes Frauchen entgegen. Na gut, dann zeig ich ihr mal den Weg, sie scheint sich verlaufen zu haben. Ich flitze an ihr vorbei und zeige ihr, wo wir hinmüssen. Sie kommt aber nicht unter der Eisentür durch und muss Außen rum. Alles klar: Erster! Ich hüpf auf die so schön neu riechende Couch und warte auf sie. Da ist sie auch schon.

Nun lasse ich ihr Geschenk laufen. Wie immer freut sie sich unheimlich und jagt das kleine Flitzetier. Aber das ist diesmal schlauer und rennt durch die Tür. Na gut, morgen hol ich ein neues...

Jetzt kommt sie zu mir. Endlich Streicheleinheiten! Aber was ist denn jetzt los? Frauchen ist offenbar etwas sauer! Sie erzählt etwas von „Schmutzferkel", „Stinkekatze", „Flohzirkus" und belohnt mich nicht sondern bedauert ihre „schöne neue Couch".

Pfft, dann bin ich jetzt eben beleidigt und gehe ins Bett. Bin eh müde...aber vorher muss ich mich noch schön putzen, ich stinke wirklich ein wenig...

Morgen werde ich mich mal den beiden Kläffern von Gegenüber widmen, wird bestimmt nett, aber jetzt schlaf ich erst mal eine Runde.

18. Die Kläffer

Ausgeschlafen, sauber und ausgeruht. Frauchen wuselt in der Wohnung rum und räumt Kartons aus. Das kenn ich ja nun schon genug, ist langweilig! Aber gegenüber die beiden Kläffer, die interessieren mich schon! Die muss ich doch mal ärgern...

Aber erst mal Frühstück. Hmpf, wo hat Frauchen meine Fressbar versteckt? Na gut, immer der Nase nach. Ah, schön, Frühstück gibt´s im Aquarium. Toll, da habe ich beim Fressen auch noch einen schönen Ausblick! Das ist aber auch schön hier und heute sehe ich erst, dass direkt neben dem Aquarium ein richtig schönes großes Klo ist. Na ja, momentan spielen da so nervige kleine Zweibeiner mit merkwürdig bunten Fresschenschälchen da herum, aber die vertreib ich auch noch.

Erst mal sehen, was Frauchen mir da so hingestellt hat. Hm, was nehmen wir denn zuerst? Da sind die leckeren Krexies, die knacken immer so schön. Aber das Weiche mit dem schönen Glibber drumrum ist auch nicht zu verachten. Und Mamanahrung, die gehört natürlich dazu! Gut, von jedem etwas!

So, bin satt, es kann losgehen! Ich gehe zu den schönen neuen Türen im Wohnzimmer und sage Frauchen, dass ich raus will. Sie kommt auch schon und sagt mir, dass ich vorsichtig sein soll. Klaro! Brumsdings gibt es hier nicht so viele.... und nach meinem großen Autschn pass ich da schon auf. Sie erzählt mir auch, dass gegenüber „Kampfhunde" wohnen und ich da nur nicht hin soll. „Kampfhunde"? Hä, hab ich noch nie gehört, meint sie etwa die Kläffer? Na, das macht die doch noch interessanter!

Ab zu der großen Eisentür und drunter durch. Dann werde ich mir die beiden doch mal aus der Nähe anschauen. Bäh, ich kann sie schon riechen. Wie kann ein Tier, das mit Zweibeinern zusammen wohnt, nur so stinken! Na ja, zugegeben, es gibt auch nette und saubere, aber die beiden...., nee! Ich guck mir erst mal das Gelände an. Hm, warum haben die denn so komische Haken oben auf dem Gitterdings, das Frauchen „Zaun" nennt. Die haben wohl Angst, dass da jemand rein kommt!

Wo sind die beiden denn jetzt? Riechen kann ich sie ja! Ich muss die doch mal rufen! Ah ja, jetzt höre ich sie. Sie kommen wie die Blöden angerannt und knallen mit vollem Karacho an den Zaun. Hähä, ihr kriegt mich nicht! Ich stelle den Kamm und mache eine besonders schöne Bürste. Dann stolziere ich an dem Zaun entlang. Immer hin und her. Na ja, so ein bisschen Schreien ist vielleicht auch ganz gut. Die beiden sollen nicht meinen, dass sie alleine Krach machen können.

Den Beiden läuft mittlerweile der Sabber aus dem Maul. Die sind aber auch so was von hässlich, sehen aus wie Schweine, irgendwie. Der eine hat sich jetzt geschüttelt und der Sabber hängt ihm quer über das Gesicht. Bäh! Nee, das muss ich mir nicht länger antun, ich gehe lieber zu meinen lieben bunten Tieren und fange Frauchen ein Flitzedings. Mal sehen, ob die beiden Schleimis sich morgen besser benehmen können.

Es kann wieder losgehen, Frauchen hat gestern ihr Flitzedings bekommen, es ist leider wieder entwischt. Diese Flitzies hier scheinen irgendwie intelligenter zu sein... na egal, ich bin ausgeschlafen und dann will ich doch mal schauen, was die Sabbertiere von Gegenüber so machen.

Auf geht´s. Die beiden stehen schon am Zaun und machen ein riesen Getöse. OK, tu ich ihnen den Gefallen. Kamm hoch, Bürste und Drohstellung. Aber die Beiden werden mit einem Mal so merkwürdig ruhig. Sie schauen sich dauernd an und gucken nach hinten. Hm, bisschen schreien? Hilft irgendwie auch nicht, die beiden sabbern zwar, aber sie gucken nur hinter sich...

Jetzt sehe ich es auch, da kommt ein Zweibeiner. Der scheint aber nicht freundlich zu sein! Sieht irgendwie aus wie seine Kläffer! Nur dass er keine Haare hat.

Der geht an seine Eisentür und macht die auf. Jetzt ruft der „fasst das Katzenvieh". Meint der damit mich? Aufpassen! Jetzt schießen die beiden um die Ecke und rasen auf mich zu. Mist, die stehen genau zwischen mir und der rettenden Eisentür zu meinem Zuhause. Und die meinen es - glaube ich - ernst! Gegen die beiden habe keine Chance! Was mache ich nur? Nach unten kann ich nicht, da ist ein großer Brumsdingsweg, nach oben stehen die beiden mir im Weg.

Da höre ich Frauchen meinen Namen rufen. Sie hat das Schlafzimmerfenster aufgemacht und das ist ganz nah. Ich schreie die beiden nochmal an und rase dann los. Ein Sprung und ich bin drinnen. In Sicherheit! Danke Frauchen! Ich muss mich erst mal hinlegen, das war ein aufregendes Abenteuer!!

Ich höre draußen mein Frauchen mit dem Glatzkopf von den beiden Sabbertieren schimpfen. Eieiei, sie kann ja genauso schreien wie ich!

Gut, was habe ich gelernt: Erst mal schauen, ob die Eisentür zu ist, dann blöde Sabberkläffer ärgern. Nun bin ich müde, muss erst mal schlafen.

19. Böse Zweibeiner

Uns geht es gut hier. Ich habe mich prima eingelebt und von Zeit zu Zeit ärgere ich die blöden Sabberkläffer. Aber nur, wenn ich mich vergewissert habe, ob die Eisentür zu ist.

Sonst besuche ich oft die bunten Tiere und fange für Frauchen Flitzies. Manchmal rolle ich mich auch in den schönen warmen Flatschern, aber nicht so oft, Frauchen beschimpft mich dann immer.

Heute ist kein sehr schöner Tag. Draußen fällt Wasser vom Himmel und Frauchen ist Fresschen verdienen. Gut, dann mache ich mir heute einen gemütlichen Tag zu Hause. Meine Fresschenbar ist gut gefüllt, wie immer. Da kann ja nix passieren. Ich lege mich auf meine schöne weiche Decke im Bett und döse vor mich hin.

Aber was ist denn jetzt passiert? Draußen im Wohnzimmer gibt es einen Knall. Es klirrt ganz fürchterlich! Ich gehe ganz vorsichtig zur Tür und spähe um die Ecke. Was ist denn da los? Da sind fremde Zweibeiner bei mir in der Wohnung! Die haben ein Loch in meine schöne Glastür gemacht und sind jetzt im Wohnzimmer.

Jetzt hauen sie das schöne Glasdings, in das Frauchen immer Blümis stehen hat, vom Tisch runter und lachen dabei ganz laut. Wo ist denn Frauchen? Hat sie denen meine Wohnung geschenkt? Nein, das kann nicht sein, das sind bestimmt solche bösen Menschen, die anderen ihre Sachen wegnehmen und alles kaputtmachen. Da muss ich vorsichtig sein. In meinem früheren Zuhause waren in der Nachbarschaft auch mal solche Leute im Haus, die haben alles kaputtgemacht und sogar eine Artgenossin getötet. Das Frauchen von der Artgenossin war danach ganz lange weg. Frauchen hat erzählt, dass meine Artgenossin an die Wand genagelt wurde und ihr Frauchen in die Nervenklinik musste. Sie hat dabei ganz schrecklich geweint und hat mich ganz fest in den Arm genommen. Ich weiß zwar nicht, was „genagelt" heißt, aber es muss schrecklich sein und das möchte ich nicht erleben.

Ich verstecke mich unter dem Bett und warte ab. Nur nicht sehen lassen, ich gebe es nicht gerne zu, aber ich habe Angst! Im Wohnzimmer machen die ziemlichen Lärm. Ich höre, wie Schubladen aufgemacht werden und die beiden Zweibeiner etwas suchen. Plötzlich sagt der eine „guck mal, hier muss ein Katzenvieh wohnen, pass auf!" da höre ich auch schon, wie meine Näpfe durch das Wohnzimmer geworfen werden. Dann höre ich die beiden in der Küche rumscheppern. Sie schmeißen wohl die ganzen Fresschennäpfe von Frauchen durch die Gegend.

Dann höre ich sie im Bad. Einer von beiden sagt aufgeregt „ich hab den Schmuck gefunden!" Das sind Frauchens Glitzerdingsens, die sie abends, wenn sie sich schön macht immer anzieht. Der scheint den beiden auch zu gefallen, der eine sagt „Geil, das bringt richtig Kohle".

Der andere geht zurück ins Wohnzimmer und dann kommen beide ins Schlafzimmer. Ich zittere. Nur nicht bewegen, nicht atmen. Da klimpert es auf dem Bett. Die haben die große Flasche, in die Frauchen immer ihr Klimpergeld reinwirft, auf das Bett ausgegossen. Der eine sagt „nimm nur das Silberne, das andere lass liegen!" Und dann kramen die ganz gemütlich in dem Klimpergeld rum. Die scheinen gar keine Angst zu haben.

Ich sehe nur die Füße von den beiden. Nun gehen sie zum Schlafzimmerschrank und wühlen alles durch. Dann finden sie Frauchens „Notgroschen", wie sie immer sagt und freuen sich. Wenn ich nur größer wäre! Die beiden Sabberkläffer von gegenüber wären jetzt auch nicht schlecht. Die würden es den beiden schon zeigen.

Jetzt gehen sie ins Wohnzimmer zurück und ich höre, wie da wieder gekramt wird. Offenbar machen sie den Kasten, aus dem die bunten Bilder immer kommen und das Musikdings ab und schleppen es zur Tür.

Da höre ich doch ein vertrautes Geräusch: Frauchens Brumsdings fährt vor und kurz drauf dreht sich das Eisenstäbchen in der Tür, mit dem sie immer aufmacht. Hoffentlich geht das gut! Ich freue mich zwar, dass Frauchen kommt, aber hoffentlich tun die beiden meinem Frauchen nichts an! Da höre ich, wie die beiden im Bad verschwinden und die Tür zu machen. In dem Moment kommt Frauchen rein.

Sie geht ins Wohnzimmer und fängt an zu schimpfen. „Hexe, warum hast du denn meine Vase kaputtgemacht". Aber dann wird sie ganz still. Ich traue mich aus meinem Versteck raus und laufe zu Frauchen. Da sehe ich auch das erste Mal das Durcheinander! Schlimm! Ich schleiche zu Frauchen und entschuldige mich bei ihr, dass ich nicht aufgepasst habe. Aber sie nimmt mich in den Arm und sagt mir, dass sie froh ist, dass ich noch lebe.

Dann sieht sie, dass die Badezimmertür zu ist. Sie geht ganz langsam zu der Tür. Aus dem Bad kommen Geräusche. Frauchen reißt die Tür auf und wir sehen gerade noch, wie der zweite der beiden durch das Fenster springt. Frauchen rennt ans Fenster und schreit „Einbrecher, Überfall", aber es ist keiner auf der Straße und die beiden können wegrennen.

Sie rennt ins Wohnzimmer zurück und redet ganz aufgeregt mit dem Knochen. Kurze Zeit später hält ein Auto mit lauten Geräuschen, die sich anhören wie „lalülala", vor unserem Haus. Die beiden Zweibeiner sind ganz lieb und beruhigen Frauchen erst mal. Wir dürfen nichts berühren und dann kommen noch zwei von den „Polizisten" – so heißen die, das habe ich gehört – und machen zu dem ganzen Durcheinander auch noch alles schmutzig! Sie haben ein komisches Dings, was vorne Haare hat und machen damit alles schwarz! So eine Schweinerei...

Als die alle damit fertig sind, gehen die und erzählen was von „Versicherung". Aber Frauchen ist sehr traurig. Nun räumt sie bis spät in die Nacht die Wohnung wieder auf. Dann gehen wir ins Bett. Aber wir können beide nicht richtig schlafen. Frauchen steht dann wieder auf und spricht lange mit dem Knochen.

Ich bin froh, dass ich nicht „angenagelt" wurde, aber so richtig sicher fühle ich mich nicht mehr hier. Wenn Frauchen nicht da ist, werde ich jetzt wohl besser draußen bei meinen Freunden sein, da ist es sicherer.

20. Urlaub

Frauchen legt schon wieder Felle in den bunten Kasten, der auf kleinen Rollen steht und den sie immer hinter sich herzieht. Wenn sie das macht, weiß ich, dass sie wieder mal wegfährt und das macht, was sie „Urlaub" nennt. Ich bin dann immer ganz traurig, aber das dauert nie lange, denn dann kommt ja wieder Omi und macht alles was ich will. Also ärgere ich Frauchen noch ein wenig, in dem ich die Felle, die sie in den bunten Kasten legt, wieder raushole und mich darauf lege.

Aber dieses Mal ärgert sie sich überhaupt nicht, sondern macht nur ihre lustigen Freugeräusch und sagt zu mir nur „wenn du wüsstest...!"" Was will sie mir denn sagen?

Nun geht sie zu meiner Fresschenbar und nimmt meine Schälchen weg. Sie hält sie unter das Brettchen, aus dem Wasser rausläuft und dann verpackt sie die Schälchen in eine Rascheltüte. Nun geht sie zu meinem Klöchen und macht neuen Kratzesand rein. Das ist schön, neuen Kratzesand mag ich! Aber jetzt trägt sie mein Klöchen nach draußen. Was wird das nun wieder? Erst klaut sie mir meine Fresschenschälchen und nun mein Klöchen?

Jetzt kommt sie wieder rein und setzt sich auf unser schönes großes Sofa. Sie ruft mich zu sich und ich habe schon die Stängelchentüte rascheln gehört. Lecker! Da gehe ich doch gerne zu ihr, obwohl ich doch schon etwas beleidigt sein sollte, weil sie wieder mal wegfährt und sie meine Sachen versteckt hat! Aber wenn sie sich doch so lieb entschuldigt, verzeihe ich ihr und nehme die Stängelchen gnädig an. Hmm, lecker noch ein Stückchen! Und jetzt noch eins. Als ich es runterschlucke schmecke ich etwas Bitteres. Bäh, das war aber nicht fein! Frauchen lacht und meint, sie hätte mich „überlistet". Versteh ich nicht, muss aber etwas Schönes sein, wenn sie sich so freut!

Nun rollert sie mit ihrem bunten Kasten aus der Tür. Hallo Frauchen, du hast dich noch gar nicht von mir verabschiedet. Und wo ist mein Klöchen und wo sind meine Fresschennäpfe? Und wo ist Omi?

Aha, jetzt hat sie es gemerkt. Sie kommt wieder! Aber sie verabschiedet sich nicht von mir, sondern nimmt mich auf den Arm und trägt mich zu ihrem Brumsdings. Da setzt sie mich hinter ihr Stühlchen, wo sie immer an dem lustigen Rad rumdreht. Ich habe aber eine ganz große Couch für mich alleine und das schöne Brettchen, wo ich so toll aus dem Fenster gucken kann. Aber warum steht denn mein Klöchen auf meiner Couch? Das hatten wir noch nie! Wir sind schon oft spazieren gefahren, aber noch nie durfte mein Klöchen mit. Ist mir aber im Moment egal, ich lege mich auf mein Aussichtsbrettchen und werde plötzlich ganz müde. Das Brumsdings fängt an zu brummsen und bewegt sich. Und Frauchen dreht lustig an dem Rad herum. Aus den kleinen Gitterfensterchen an der Seite von dem Brumsi kommt leises Gesinge und ich merke, dass mir die Augen ganz schwer werden.

Als ich wach werde, sieht draußen alles ganz anders aus. Da sind gar keine Häuser mehr wie bei uns zu Hause. Und wenn mal eins kommt, dann ist es gar nicht hoch, sondern ganz flach und hat ganz viel buntes Zeug an Kästen, die um die Häuser herumgebaut sind.

Und wir fahren nicht - wie bei uns - immer gerade, sondern es geht hoch und runter und neben der Straße wachsen ganz hohe Hubbels, auf denen es oben weiß ist. Die sind so hoch, da muss ich mir richtig den Hals verrenken um bis ganz oben zu schauen. Und um uns herum ist ganz viel Kitzelgras, da stehen die großen Tiere drauf, die ich noch aus der Zeit kenne, als ich auf die Welt gekommen bin. Aber die hier haben gar keine Flecken! Die sind schön braun.

Jetzt fahren wir an einem großen Teich vorbei. Der ist viel größer, als der, den wir in unserem alten Zuhause hatten. Der hört überhaupt nicht mehr auf! Und auf dem Teich sind ganz viele kleine Häuschen, die haben alle Stängelchen auf dem Dach und an manchen von den Stängelchen hängen Lappen.

Jetzt rollt das Brumsdings mit uns zwischen ganz vielen Bäumen durch und am Ende steht wieder so ein Haus mit den bunten Sachen an den Kästen ums Haus rum. Frauchen meint, das wir jetzt gleich da sind. Hoffentlich weiß das das Brumsdings auch!

Ich bin jetzt zu Frauchen nach vorne gehopst und schaue aus dem großen Fenster. Schön hier und es riecht gut!

Aber was kommt denn da vorne von dem Haus her? Ich erschrecke zu Tode! So ein Tier habe ich noch nie gesehen. Das ist riesig und sieht oben aus wie ein Zweibeiner. Aber vorne aus dem Bauch des Zweibeiners wächst ein riesengroßer zweiter Kopf! Und das Tier hat vier Beine. Es rennt rasend schnell auf uns zu. Und auf dem oberen Kopf des Tieres ist ein ganz großer runder Deckel. Oh Brumsdings, roll da nur schnell dran vorbei!

Aber genau jetzt geht das blöde Ding kaputt und bleibt einfach stehen. Und das Riesentier bleibt auch noch genau neben uns stehen. Frauchen, bleib ja sitzen! Das ist gefährlich und da draußen kann ich dich gar nicht beschützen!

Und was macht sie? Sie steigt aus! Warum hört sie nur nie auf mich? Ich verstecke mich auf alle Fälle erst mal unter ihrem Stuhl und warte ab. Aber es passiert nichts! Frauchen schreit nicht und das komische Tier macht auch keine bösen Geräusche. Vielleicht schaue ich doch mal ganz vorsichtig raus. Ich krabbel aus meinem Versteck hervor und – oh je – die Tür von dem Brumsdings ist ja noch offen. Mal vorsichtig rausschauen…

Huch, jetzt hat sich dieses unheimliche Tier geteilt! Das obere Teil sieht aus wie ein normaler Zweibeiner. Er steht auch auf zwei Ersatzbeinen, die sind in komische lange Lappen gehüllt. Da Unterteil steht regungslos neben dem „Zweibeiner". Es hat in der Mitte so ein dickes Teil mit vorne einem Hubbel dran und da sind Seile zu dem Bauchkopf dran. Da wird das Oberteil bestimmt dran festgemacht!

Aber es scheint nicht gefährlich zu sein! Frauchen hat das Oberteil in den Arm genommen und da kommt dieses Ding auch schon auf das Brumsdings zu. Ich krabbele vorsichtshalber mal unter den Frauchenstuhl. Aber das Oberteil spricht wie ein Zweibeiner und hat eine ganz schöne Stimme. Aber ich warte lieber erst mal ab!

Da kommt Frauchen auch schon wieder ins Brumsdings und jetzt rollt das blöde Ding plötzlich wieder. Das Oberteil hat sich mittlerweile wieder mit dem Ding mit dem Bauchkopf verbunden und rennt vor uns her. Oh je, ist das Ding schnell!

Wir rollen hinter dem Ding her und Brumsdings biegt tatsächlich da ab, wo das Ober-Unterteiltier offenbar wohnt.

Ach du großer Kater, da stehen ja ganz viele Unterteile! Rund um das Haus ist ganz viel Kitzelgras und da stehen überall Unterteile! Um das Kitzelgras sind Stängelchen im Boden, da hängen Bänder dran. Die Unterteile haben wohl alle Fell gegessen, die Bauchköpfe essen alle Gras, damit sie das Fell wieder rauswürgen können. Und es laufen auch ein paar Oberteile rum, die haben alle Lappen um die Beine und diese lustigen Deckel auf dem Kopf. Aber die sind wohl auch alle friedlich, Frauchen nimmt einen nach dem anderen in den Arm. Also gut, aber vorsichtig bin ich trotzdem!

Nun kommt Frauchen zum Brumsdings und holt mich heraus. Sie nimmt mich auf den Arm und ich kralle mich an ihr fest. Ich muss sie ja schließlich beschützen! Wir gehen hinter dem ersten Oberteil in das Haus. Och, hier ist es aber schön! Da sind auch Brettchen an der Wand, die nach oben gehen. Und an der oberen Wand sind auch viele Brettchen. Das kenne ich noch aus unserer letzten Wohnhöhle, da konnte man prima draufrumklettern.

Neben an der Wand steht ein großer Kasten, an dem sind ganz viele bunte Bildchen festgemacht. Um den Kasten herum sind Brettchen festgemacht und darauf liegen weiche Lappen. Von dem Kasten kommt es schön warm herüber! Und auf einem der Brettchen liegt eine Artgenossin! Oh je, gleich gibt es Ärger!

Aber dann schaue ich noch mal genauer hin. Das ist ja eine Omi! Die war bestimmt mal vor langer Zeit eine Schönheit. Sie hat ganz langes schwarzes Fell, aber das ist schon etwas struppig. Sie schaut mich ganz ruhig an und Frauchen lässt mich auf den Boden. Ich gehe langsam zu der Omi und sie schaut mich die ganze Zeit aufmerksam an. Sie brummt ein wenig und sagt mir, dass sie hier zu Hause ist und dass ich – wenn ich keinen Ärger mache – willkommen bin. Ich mag sie irgendwie gleich! Komisch, das kenne ich gar nicht von mir…

Ich hopse zu der Omi auf die Bank und schlecke sie ab. Das mag sie! Schön, schon eine Freundin gefunden. Die kann mir dann auch mal das mit den Ober-Unterteiltieren erklären!

Aber da kommt Frauchen und holt mich von meiner neuen Freundin weg. Sie sagt mir, dass sie mir jetzt unser „Zimmer" zeigen will. Also steigen wir zusammen die Brettchen hoch. Na ja, Frauchen steigt, ich lasse mich tragen! Und dann kommen wir in eine kleine Höhle. Da steht ja mein Klöchen und da sind auch meine Näpfchen. Oh ja, ich habe ja Hunger! Also erst mal was essen und dann schaue ich mich um.

So, satt! Ah, da ist eine Tür, da geht es raus. Ha, hier komme ich auf so einen Kasten, das ist wie bei Omi zu Hause, nur viel größer! Ich hopse hoch und da ist ja alles vor Blümis! Das ist aber schön. Und der Kasten hört gar nicht auf, da kann ich immer weiter laufen und irgendwann bin ich wieder bei Frauchen. Und da unten gibt es auch ganz viel zu entdecken. Na ja, die vielen Unterteile…! Aber da sind auch Vierbeiner, die haben gedrehte Stöcke auf dem Kopf und lange Fusseln am Kinn.

Und das Oberteil, das uns abgeholt hat, sitzt auf einem Riesenbrumsdings, das hat einen großen Ballen vorne im Maul. Oh je, da sind mir seine Unterteile mit den vier Beinen eigentlich lieber…

Ich gehe wieder hinein, aber Frauchen ist nicht da. Ich höre ihre Stimme von unten, wo die Katzen Omi liegt. Gut da gehe ich auch hin. Ich will mich ja mal mit der Omi unterhalten. Aber erst mal die schönen Brettchen an der Decke erkunden. Hops, hops, schon bin ich oben und klettere erst mal alles ab. Frauchen hat mich entdeckt und sagt zu der anderen Zweibeinerin, dass ich ein Dachhase sei. Das kenne ich, das hat sie immer gesagt, wenn ich über die Deckel von den Nachbarhöhlen gelaufen bin.

Aber es riecht gut von da unten und die Omi sitzt jetzt bei Frauchen und der anderen Zweibeinerin. Ui, da fällt ja ab und zu was runter… und wie Omi schleckert, scheint das gut zu schmecken! Schnell runter und schon bekomme ich auch etwas ab. Lecker! Es kommt genug für uns beide runter und so teile ich das leckere Fresschen mit Omi! Die weicheren Sachen lasse ich ihr, sie ist ja schon alt.

Dann legen wir uns gemeinsam auf den kuscheligen Lappen auf dem warmen Kasten und schlafen. Das war ein aufregender Tag!

Als ich aufwache, ist Omi sich am Strecken. Sie sagt mir, dass ihr die Knochen etwas weh tun, aber dass sie mir gleich alles zeigen will. Meine Schälchen stehen jetzt hier unten und so frühstücke ich erst einmal genüsslich. Als ich satt bin, bemerke ich, dass ich Frauchen noch gar nicht gesehen habe.

Wo ist die denn? Hat sie mich alleine hier gelassen? Hier ist es zwar schön, aber ich will mein Frauchen zurück haben! Omi sitzt schon an der offenen Tür und so folge ich ihr.

Da kommt schon das Ober-Unterteiltier von gestern um die Ecke. Und direkt hinter ihm – mein Frauchen! Oh nein, er hat sie angesteckt! Sie ist auch zum Ober-Unterteiltier geworden! Ihr wächst auch ein Kopf aus dem Bauch und sie hat so einen Deckel auf dem Kopf. Jetzt bekomme ich Angst! Was passiert hier? Bekomme ich auch ein Oberteil? Ich will das nicht!

Ich frage ganz vorsichtig Omi, ob sie jetzt auch gleich ein Oberteil bekommt. Sie versteht erst nicht, was ich meine und als ich es ihr erkläre, lacht sie mich aus. Dann erklärt sie mir, dass die „Unterteile" Tiere sind, die die Zweibeiner „Pferde" nennen und dass die dafür da sind, die Zweibeiner durch die Gegend zu tragen und dass das denen nicht weh tut!

Ach so! Etwas schäme ich mich jetzt, aber Omi beruhigt mich. Als sie vor vielen Jahren hierhergekommen ist, hat sie auch Angst vor den Riesen gehabt. Aber die sind harmlos, solange man sie nicht erschreckt.

Jetzt will sie mir alles zeigen. Da freue ich mich drauf. Ich möchte zuerst zu den lustigen Tieren mit den gedrehten Stöckchen auf den Köpfen. Da ist sie nicht so begeistert. Sie sagt mir, dass die ziemlich heimtückisch sind. Ach Blödsinn.

Die sehen so niedlich aus! Also gehen wir dahin und ich gehe gleich auf den großen mit den ganz langen Fusseln am Kinn zu. Der steht wie angewurzelt und schaut mich an. Ich gehe auf ihn zu und schnuppere an den Fusseln. Der tut doch gar nichts. Da nehme ich so ein Fussel in meinen Mund und zupfe daran. Da senkt der ganz schnell – so schnell kann ich gar nicht reagieren – seinen Kopf und schmeißt mich mit seinen Stöcken an die Wand. Aua! Das hat ganz schön wehgetan! Ich rapple mich auf und krieche zu meiner neuen Freundin.

Den Rest des Tages streifen wir durch die Gegend und es ist wirklich schön hier. Zwischendrin legen wir uns in die Sonne und dösen. Aber irgendwann wird es kühl und wir gehen nach Hause. Da steht auch schon Frauchen an der Tür und macht ihr ängstliches Gesicht. Sie nimmt mich in den Arm und trägt mich hinein. Aber Omi wird auch von ihrem Frauchen auf den Arm genommen und zu ihrem Näpfchen getragen.

Nach dem Essen kuscheln wir uns auf unserem Brettchen über dem warmen Kasten zusammen und schlafen.

Am nächsten Tag will mir Omi etwas Besonderes zeigen. Wir laufen einen langen Weg und dann kommen wir an dem ganz großen Teich an. Och, hier ist es aber schön! Da gibt es ganz viele Quaks, die kenne ich ja schon. Aber was viel spannender ist, da stehen viele Zweibeiner und halten lange Stöcke mit Schnüren dran in den Teich. Plötzlich reißt einer der Zweibeiner den Stock hoch und hat so einen zappelnden Teichbewohner an der Schnur. Den legt er in so ein Ding, mit dem Frauchen immer unsere Wohnung nass macht. Da muss ich doch mal reinschauen. Ui, da sind ja einige Zappler drin! Da bringe ich Frauchen einen mit!

Also stecke ich meine Pfote da rein und hole mir einen Zappler. Der Stock-Zweibeiner merkt nichts, der schaut nur auf seinen Stock, den er in den Teich hält.

Aber der Zappler riecht verdammt gut. Da muss ich doch mal reinbeißen! Und Omi hat bestimmt auch Hunger! Also teilen wir uns das Ding und gehen dann nach Hause. Unser Fresschen lassen wir heute stehen, wir sind noch satt!

So erkunde ich jeden Tag mir meiner Omi-Freundin die Gegend. Es ist schön hier, aber irgendwie möchte ich doch wieder nach Hause.

Als Frauchen heute von ihrem „Ausritt" mit dem „Pferd" zurückkommt, sagt sie mir, dass es nun wieder nach Hause geht. Sie trägt mein Klöchen und meine Näpfchen zurück ins Brumsdings und dann bekomme ich diese leckere Wurst. Aber da ist wieder ein Stückchen, das bitter schmeckt. Und ich werde müde. Ich verabschiede mich von Omi, aber ich bin schon ganz müde.

Frauchen bringt mich ins Brumsdings, aber ich schlafe schon fast. Es war einen aufregende Zeit, dieser „Urlaub", aber jetzt freue ich mich auf mein Zuhause. Nun will ich nur noch schlafen

21. Freund-Herrchen und das Geschenk

In letzter Zeit kommt oft ein Zweibeiner zu uns zu Besuch. Frauchen hat seit dem Besuch der bösen Männer oft Angst und schläft nicht viel. Aber der neue Zweibeiner scheint Frauchen gut zu tun. Sie lacht wieder öfter und geht auch oft mit dem Zweibeiner abends weg und kommt erst wieder, wenn es draußen hell wird. Oder er ist hier bei uns und die beiden reden die ganze Nacht. Aber komischerweise gehen die nie ins Schlafzimmer und machen komische Geräusche...

Bekomme ich etwa ein neues Herrchen? Das ist mir eigentlich gar nicht recht! Frauchen ist doch meins und Herrchens bringen Frauchen nur zum Weinen! Dann werde ich dem Guten mal auf den Zahn fühlen. Aber egal, ob ich ihn ignoriere oder ihn anfauche, er ist immer lieb zu mir.

Frauchen erzählt mir, dass der Zweibeiner nur ein sehr guter Freund ist. Sie nennt ihn „ihre beste Freundin". Hä? Hab ich da was übersehen? Aber egal. Der ist nett und solange er mir meinen Platz nicht streitig macht darf er herkommen.

Freund-Herrchen kommt fast jeden Abend zur selben Zeit, legt sich auf meine Couch und ruft „Hexelein komm, Verbotene Liebe gucken" ich weiß zwar nicht, was „Verbotene Liebe" ist, aber ich krabbel auf seinen Bauch und dann werde ich ausgiebig gekrault. Schöön!

Danach kochen Frauchen und Freund-Herrchen oft zusammen. Die Beiden sind dann am schnibbeln und Bruzzeln und immer fällt auch was für mich runter. Frauchen schimpft dann immer mit ihm, aber er lacht dann nur und dann bekomme ich meist noch ein besonderes Leckerli von ihm.

Es fallen mittlerweile wieder die weißen Kitzeldings vom Himmel und Frauchen bringt wieder einen schönen Kletterbaum mit nach Hause, an den sie ganz viele Spielzeuge für mich hängt. Ich hol mir gleich mal so eine bunte Kugel runter und fange an zu spielen. Frauchen meckert wieder rum, aber sie hängt die bunten Kugeln ja schließlich für mich auf!

Freund-Herrchen hat gestern einen großen nackten Vogel mit zu uns gebracht und erzählt mir, dass es den an „Heiligabend" gibt. Und das es an dem Abend auch wieder Geschenke gibt. Aha, der Vogel ist für mich! Lecker!

Frauchen ist mal aus der Küche raus und da frag ich mich, was dieses „Heiligabend" eigentlich ist. Da ich das nicht weiß, beschließ ich, das JETZT „Heiligabend" ist. Gut, dann darf ich auch mein Geschenk haben!

Ich springe auf das glänzende Dings, in dem Frauchen normalerweise ihre Fressnäpfe abwäscht. Da wohnt der Vogel drauf. Ups, ist das ein Monstergeschenk! Der ist ja noch größer als ich! Wie bekomme ich den denn nur zerlegt? Egal, der muss erst mal hier runter und dann suche ich mir ein stilles Örtchen, wo ich mich in Ruhe um ihn kümmern kann. Also zerre und ziehe ich an ihm rum und endlich habe ich ihn auf dem Boden. Nun packe ich ihn am Bein – ahh, lecker – und ziehe ihn unter den schönen buntern Kletterbaum. Da liegt ein großes Tuch drunter, dort lege ich ihn drauf und nage erst mal an dem Bein rum. Hm, ziemlich groß! Vielleicht versuche ich mal einen Flügel? Ja, das passt schon besser. Ui, da hinten ist ja ein großes Loch in dem Vogel, da riecht es auch sehr lecker. Da fasse ich mal rein. Da ist irgend so ein Beutel drin, der riecht ganz fein. Ich greife mal rein. Mist, ich komme nicht richtig dran. Dann steck ich mal den Kopf rein, ich will diesen Beutel, da ist Lecker drin! Ich höre, wie die Tür aufgeht und Frauchen kommt mit Freund-Herrchen rein. Sie geht in die Küche und sagt zu ihm „da ist die Pute für heute Abend, die machen wir jetzt fertig". Er fragt: „Welche Pute". Dann kommt nur ein Schrei: „Heeeeeexe". Mist, da hab ich wohl zu früh mein Geschenk genommen, ich will abhauen, aber ich bekomme meinen Kopf nicht aus dem Hintern von dem blöden Vogel .

Ich will rückwärts unter dem Baum raus, aber ich sehe nichts. Das Vieh hängt verdammt schwer an meinem Kopf und ich komme kaum weg. Irgendwas hängt an meinem Bein ich habe mich irgendwie verfangen. Da höre ich wieder Frauchen „neiiiiin, der Baum". Freund-Herrchen fängt den Baum gerade noch auf und Frauchen zieht mich aus dem blöden Vogel raus. Nee, ich verzieh mich, das Geschenk können sie behalten! Außerdem scheint Frauchen ziemlich sauer zu sein! Sie kommt mir nicht nach... das ist kein gutes Zeichen! Ich gehe mal vorsichtig zurück ins Wohnzimmer. Da liegen die Beiden auf der Couch und geben diese Geräusche von sich, die Zweibeiner „Lachen" nennen. Nee, eigentlich brüllen die nur so und Wasser läuft ihnen aus den Augen.

Frauchen hat sich nun den kleinen Knochen genommen und sagt zu ihm, dass es heute Abend Frikadellen gibt. Komisch, dass sie zu dem Knochen „Mutti" sagt...

22. Ömi bewachen

Die schlimme Sache mit den bösen Menschen ist nun schon viele Fressnäpfe her. Aber in der Zeit seitdem ist auch bei dem netten Nachbarn, der direkt an meiner Terrasse wohnt, eingebrochen worden. Da haben sie auch die Tür eingehauen und ganz viele Sachen mitgenommen.

Frauchen sagt, dass sie sich nicht mehr so richtig sicher fühlt und mir geht es genauso. Anscheinend passiert jetzt wieder mal das, was Frauchen „Umziehen" nennt. Aber dieses Mal hat sie gar keine Kartons, in die sie ihre Menschenfelle packt, sondern so ein großes blaues Ding, unten mit Rollen und oben und an der Seite einen Griff. Und es ist auch nur der eine. Komisch!

Und jetzt kommt Omi mit so einem Stoffkarton. Da packt sie ihre Felle aus. AHA, jetzt hab ich kapiert! Frauchen macht das, was sie „Urlaub" nennt.

Und ich werde Omi in der Zeit tyrannisieren! Schön! Ich bin zwar traurig, dass Frauchen weggeht, aber die kommt ja bald wieder. So lange hält sie es eh nicht ohne mich aus!

Frauchen hat jetzt alle ihre Felle in das blaue Dings gepackt. Sie knuddelt mich und erzählt mir, dass sie mir was Schönes aus „Amerika" mitbringt. Und das ich lieb zu Omi sein soll und gut auf sie aufpassen soll. Mach ich! ☺ Da kommt auch schon Freund-Herrchen und bringt Frauchen weg.

So, gleich mal Lektion 1 von Omi-Dressur: Fresschen! Frauchen hat mir meine Fresschenbar noch vollgemacht. Na ja, alles ganz lecker, aber es geht auch besser...

Ich stelle mich vor die Fressnäpfe und gucke in alle nacheinander rein. Dann gehe ich zu Omi und gucke sie gaaaanz arm an. Guck mal, was Frauchen mir da Schlimmes reingetan hat! Dann gehe ich in die Küche zu dem großen Eisendings, wo die Menschenleckerlies kalt gemacht werden. Omi ist sehr schlau und kapiert sofort! „Willst du Schinken meine Hexe?". Jo, Schinken kenn ich, lecker! Ich bekomme gleich ein Fressnäpfchen mit ganz klein gemachtem Schinken. Lecker!

Und jetzt will ich raus! An die Türen und maunzen. Ömi macht auch gleich auf und sagt mir, dass ich nicht so weit gehen soll. Hm, was ist „weit"? Na ja, ich mache meine Tour, schaue, ob in meinem Revier alles in Ordnung ist und gehe dann wieder zu Ömi. Ich will ja nicht, dass sie Angst hat.

Ömi freut sich, als ich komme und es gibt gleich wieder Leckerlies. Mittlerweile ist es dunkel und Ömi will auf die Couch. Sie legt sich hin und ich leg mich auf ihre Beine. Nun erzählt sie mir, dass sie Durst hat und mal aufstehen will. Hä? Neneee, ich liege hier gerade so bequem, da geht aufstehen gar nicht! Ich knurre mal ein wenig und Ömi liegt wieder still. Dann sagt sie, dass sie mal aufs Klo muss. Pfft, ist mir doch egal, ich stehe nicht auf. Einmal kurz fauchen und Ömi muss nicht mehr. Also ein netter, geruhsamer Abend. Irgendwann ist es gut und ich gehe ins Bett.

Ömi kommt nach und will auch da rein. Das kenn ich ja schon, einmal bös gucken, und schon krabbelt Ömi von der anderen Seite ins Bett. Das spielen wir jetzt auch. Lustig!

Es ist schön mit Ömi. Sie gehorcht mir aufs miauen! Ich merke schon, dass sie mich ganz doll lieb hat und ich hab sie ja auch sehr lieb. Aber Tyrann spielen macht halt einfach Spaß. Wenn ich draußen bin, spiele ich immer Verstecken mit ihr. Das mag sie gerne. Ich verstecke mich dann im Garten und Ömi läuft den Brumsdingsweg hoch und runter und ruft mich. Ich liege derweil auf meiner Couch und ruhe mich aus. Wenn sie dann irgendwann nach Hause kommt, ist sie vollkommen Groggy und freut sich, dass sie mich sieht. Dann gibt's Leckerlies. Manchmal bleibt sie so lange weg, dass ich mir Sorgen mache. Dann gehe ich sie suchen. Meistens treffe ich sie irgendwo im Dorf. Sie hat sich dann bestimmt wieder mal verlaufen und ich wetze dann vor ihr her und zeige ihr den Weg.

Heute habe ich mal wieder Lust, die Sabbernasen von Gegenüber zu ärgern. Aber nicht, ohne mich vorher zu vergewissern, dass die Eisentür zu ist und das hässliche alte Brumsdings von deren Herrchen - der nennt sich übrigens „euer Herr'", der hat doch 'nen Knall! - nicht da steht. Jo, alles klar, dann fang ich mal an zu schreien. Ha, ich rieche sie schon und da sind sie auch! Donnern wieder volles Rohr an den Zaun. Uff, das muss doch wehtun! Aber die haben so einen Knall, die merken das eh nicht mehr. Gut, dann machen wir mal das volle Programm, Kamm hoch, Bürste, Buckel und Drohstellung und dann schreiend am Zaun entlang. Die zwei lassen sich aber auch so schön veräppeln. Rennen immer hin und her und beißen in den Zaun. Ich bin mittlerweile berühmt bei uns in der Nachbarschaft! Immer wenn ich die Sabbernasen ärgere, gehen überall die Lichtluken auf und alle schauen aus dem Fenster und freuen sich. Ömi kennt mein Spiel noch nicht. Sie kommt vollkommen erschrocken rausgerannt und will mich beruhigen. Sie hat offenbar große Angst um mich. Aber sie hat auch Angst, mich anzufassen, weil ich ja schon ziemlich böse aussehe. Na ja, dann tu ich ihr mal den Gefallen und komme mit rein, ich will ja nicht, dass Ömi Angst hat.

Besonders schön ist es immer, mit Ömi im Aquarium zu frühstücken. Ich sitze dann bei ihr und wir essen leckere Sachen. Ömi macht sich immer leckere Essscheiben, auf die sie so weißes Zeugs draufschmiert. Das Leckerli, was sie oben drauf legt, mag sie wohl nicht so gerne, das bekomme immer ich. Heute ist es irgendwie merkwürdig, ich bin unruhig und habe ein komisches Gefühl im Bauch. Irgendwas stimmt nicht! Eigentlich ist alles wie immer, aber ich passe mal lieber auf! Plötzlich sehe ich hinter Ömi draußen vor dem Aquarium einen der bösen Kerle, die hier in der Wohnung waren. Ich fang an zu knurren, aber Ömi kapiert nicht, was ich sagen will. Dann werde ich lauter und fange an zu schreien und starre an Ömi vorbei. Ich mache einen dicken Buckel und eine große Bürste. Da merkt sie endlich, dass da irgendetwas nicht stimmt. Sie dreht sich rum und die beiden schauen sich direkt ins Gesicht. Ömi erschrickt zu Tode und der Kerl dreht sich rum und springt über die Mauer.

Sie holt sofort den Knochen und spricht ganz aufgeregt da rein. Kurz drauf kommen die netten Männer mit den grünen Kleidern und dem Schreihals auf dem Dach ihres Brumsdings. Die beruhigen Ömi und sagen, dass sie darauf achten soll, dass alles gut verschlossen ist. Wie – darf ich jetzt nicht mehr raus? Aber Ömi hat jetzt viel Angst und abends kommt jetzt immer der liebe Bruder von Frauchen und passt auf. Wenn die bösen Kerle den sehen, bekommen sie bestimmt Angst! Der ist genauso imposant wie mein Meikel und hat ganz dicke Arme. Zu mir ist er ganz lieb, aber ich glaube, wenn der böse wird, haben die blöden Kerle nix zu lachen!

Ich denke, dass Frauchen jetzt auch bald kommt, sie will doch auch nicht, dass Ömi Angst hat. Aber Ömi erzählt mir, dass sie Frauchen nichts gesagt hat, weil sie ihr den tollen Urlaub in Amerika nicht verderben will. Ach Ömi, du bist einfach nur lieb! Hast selber so viel Angst und denkst trotzdem immer nur an deine Jungen und willst, dass es denen gut geht!

Irgendwann kommt Frauchen zurück. So lange war sie noch nie alleine weg. Sie kommt mit dem blauen großen Karton reingerollt und ich bin erst mal furchtbar beleidigt! Ömi und sie begrüßen sich wie verrückt und dann ruft Frauchen auch schon nach mir. Pffft, eigentlich bin ja ich zuerst dran! Da kann sie erst mal warten.

Aber Frauchen scheint das gar nicht groß zu stören. Sie sagt zu Ömi „das kenne ich schon, Madame lässt sich erst mal feiern, die kommt schon". Ha, da kann sie lange drauf warten!. Frauchen setzt sich mit Ömi ins Aquarium und fängt an zu erzählen, wie toll es in diesem komischen „Amerika" war. Dann erzählt Ömi von dem bösen Mann und wie toll ich sie beschützt habe. Frauchen ist vollkommen fertig und schimpft mit Ömi, dass sie sie nicht angerufen hat. Aber Ömi erzählt ihr, dass ich ja gut auf sie aufgepasst habe und ihr nichts passiert ist. Da kommt Frauchen dann doch zu mir und lobt mich für meine tapfere Tat. Gut, will ich mal nicht so sein, ich lasse mich knuddeln, tut mir ja auch wirklich gut, dass Frauchen wieder da ist. Aber ein wenig Zappeln lasse ich sie schon noch.

23. Das böse Dings in mir

Seit einiger Zeit kribbelt es immer so komisch in meinem Mund und an meinem Kinn. Ich weiß nicht was das ist, aber ich muss immer mit meiner Pfote dran reiben. Seit meinem großen Autschn habe ich nur noch wenig Zähne, aber Fresschen und Leckerlies ging die ganze Zeit immer noch gut. Aber jetzt piekst da immer etwas, wenn ich mein Fresschen nehme. Was ist denn das?

Ich sage es Frauchen und reibe mein Kinn an ihrer Hand. Sie knubbelt ganz leicht mein Kinn und meine Wange und es tut so gut. Ich drücke meinen Kopf ganz fest in ihre Hand und für einige Zeit ist es dann gut.

Aber es kommt immer öfter und ich spüre, dass da etwas in meinem Mund wächst, was da nicht hingehört. Fresschen nehmen fällt mir immer schwerer. Das Ding da in meinem Mund kribbelt nun nicht mehr, sondern tut mir weh.

Frauchen wundert sich, dass ich so wenig esse, aber sie sagt, weil es so heiß draußen ist, habe ich wohl keinen Hunger. Meine heißgeliebten Krexies kann ich nun gar nicht mehr essen, das tut mir sehr weh. Ich schlecke meistens nur den Glibber von den feuchten Stückchen, manchmal kann ich auch noch die kleinen Stücke essen. Die Mamanahrung geht gut, also schlecke ich immer alles ganz auf. Aber ich habe immer viel Hunger. Jetzt kann ich Grummel verstehen, der mir von „Hunger" erzählt hat.

Frauchen macht sich schon Sorgen, aber sie denkt immer noch, dass ich nicht essen mag, weil es draußen so heiß ist. Ich würde ihr so gerne sagen, dass es mir nicht gut geht, aber sie versteht mich leider nicht und so suche ich einfach nur ihre Nähe.

Aber was ist jetzt los? Frauchen packt wieder ihre Felle in eine große Tasche. Nicht der große blaue Karton auf Rädern, aber trotzdem: Frauchen will weg! Da kommt auch schon Ömi. Gut, ich bin nicht alleine und Ömi ist ja sehr lieb zu mir!

Ömi merkt gleich, dass mit mir irgendetwas nicht stimmt. Ich ärgere sie nicht mehr und will nur schmusen. Sie ist sehr besorgt um mich und schmust ganz viel mit mir. Ömi bietet mir die schönsten Leckerlies an, aber in den letzten Tagen ist das Ding in meinem Mund ziemlich groß geworden und ich kann gar nicht mehr viel essen.

Ich liege ganz viel auf der Terrasse unter meinem Stuhl. Da ist es nicht so heiß und ich fühle mich sehr schlapp. Ömi kommt und hat so eine Essscheibe in der Hand, auf der dieses weiße Zeugs ist. Sie kommt zu mir runter und bietet mir das weiße Zeugs an. Ach, das ist lecker und das kann ich gut essen. In meinem Mund ist mittlerweile nur noch ganz wenig Platz. Das Ding ist in den letzten Tagen immer größer geworden. Ömi gibt mir nun immer von dem Weißen Zeugs, das sie „Butter" nennt. Das schlecke ich ab und trinke viel Mamanahrung. Aber mir geht es immer schlechter! Wo ist denn nur mein Frauchen?

Frauchen kommt nun endlich nach Hause. Sie war ja nicht lange fort, aber ich habe sie so vermisst. Aber Ömi war ja so lieb zu mir! Ich vergesse ganz, dass ich ja eigentlich beleidigt sein müsste und lege mich gleich zu Frauchen auf den Schoß.

Ömi schimpft mit Frauchen, sagt, dass sie sofort mit mir zum Tierarzt muss. Oh je, der Mann mit dem Weißen Mantel. Das ist nichts Gutes!

Am nächsten Tag packt mich Frauchen in den Korb und bringt mich zu dem netten Mann in dem Weißen Mantel. Der schaut in meinen Mund und sagt Frauchen, dass da eine große „Geschwulst" wächst. Das kenn ich nicht, aber ich spüre, dass das nichts Gutes ist. Er gibt mir einen kleinen Piecks und nach einiger Zeit kommt er mit so einem Schnipseldings und macht was von dem Ding in meinem Mund weg. Wir werden wieder raus geschickt und nach einiger Zeit gehen wir wieder rein und der liebe Mann sagt zu Frauchen, dass ich „aggressiven Krebs" habe. Das Wort habe ich schon mal gehört! Wo nur? Ja, Grummel! Kurz darauf ist er ins Regenbogenland gegangen.

Werde ich nun bald meinen Meikel und Grummel wiedersehen? Fast sehne ich mich danach! Das Ding in meinem Mund tut so weh und Fresschen kann ich auch nicht mehr haben.

Aber ich kann doch Frauchen nicht alleine lassen und so beherrsche ich mich und tue so, als gehe es mir ziemlich gut.

Der nette Weissmantel sagt zu Frauchen, dass „nichts mehr zu machen ist" und Frauchen weint und nimmt mich mit nach Hause. Wir haben noch ein paar wunderschöne Tage zusammen, Frauchen ist immer bei mir! Wir schmusen ganz viel und alle kommen und sind ganz lieb zu mir. Ich fühle, dass ich nicht mehr lange hier sein werde.

Ich liege neben Frauchen im Bett und spüre, dass sie nicht schläft. Ich kann auch nicht schlafen, durch das Ding in meinem Mund kann ich kaum noch richtig atmen. Ich krabbele zu Frauchen an den Kopf und schmiege mich an sie. Bitte, hilf mir! Ich will nicht mehr! Lass mich zu Meikel und Grummel ins Regenbogenland.

Am nächsten Morgen spricht Frauchen mit dem Knochen. Sie sagt nur: „es ist soweit...".

24. Das Ende – und der Anfang

Das war ein langes Leben! Die meiste Zeit waren es schöne Zeiten! Frauchen und ich haben viel zusammen gemacht und ich habe viele Abenteuer erlebt. Frauchen hält mich fest im Arm und ich schlafe langsam ein. Tschüss Frauchen, tschüss Ömi, tschüss ihr alle, die lieb zu mir waren.

Es wird hell, da hinten sehe ich Meikel und Grummel und den lieben dicken Minou von Frauchens Freundin, die tollen zusammen über eine schöne Wiese.

Gleich bin ich bei euch. Sei nicht traurig Frauchen, ich bin immer bei Dir, und irgendwann sehen wir uns wieder!

Ich spüre noch einen winzigen Piecks, und dann kann ich endlich schlafen!

Ich gehe über eine lange bunte Brücke und am Ende der Brücke warten meine Freunde auf mich. Meikel schleckt mich zur Begrüßung ab, Grummel sieht ganz jung aus und hat ein wunderschönes Fell. Gemeinsam laufen wir über eine bunte Blumenwiese. Ich habe keine Schmerzen und keinen Hunger mehr. Danke Frauchen für ein wunderschönes Leben, das wir gemeinsam haben durften. Wir sehen uns wieder.

Eines Tages kommst auch Du über die bunte Brücke und am Ende der Brücke warte ich auf Dich.

Danke meine geliebte Hexe für 26 wunderschöne Jahre, die ich mit Dir verbringen durfte...das Leben wird weitergehen und ich werde bestimmt wieder Fellnasen ein schönes Zuhause bieten, aber Du wirst für immer in meinem Herzen bleiben! Wir sehen uns...

Zeitfracht Medien GmbH
Ferdinand-Jühlke-Straße 7
99095 Erfurt, Deutschland
produktsicherheit@kolibri360.de